YOUNG SKINS

COLIN BARRETT

上海译文出版社

格兰贝的年轻人

图书在版编目(CIP)数据

格兰贝的年轻人/(爱尔兰)科林·巴雷特(Colin Barrett)著；
亚可译.—上海:上海译文出版社,2019.7
书名原文:Young Skins
ISBN 978-7-5327-8123-2

Ⅰ.①格… Ⅱ.①科… ②亚… Ⅲ.①短篇小说-小
说集-爱尔兰-现代②中篇小说-爱尔兰-现代 Ⅳ.
①I562.45
中国版本图书馆 CIP 数据核字(2019)第 072114 号

Colin Barrett
Young Skins
Copyright © 2013 by COLIN BARRETT
This edition arranged with C＋W, a trading name of CONVILLE & WALSH LIMITED
through Big Apple Agency, Inc., Labuan, Malaysia
Simplified Chinese edition copyright © 2019 Archipel Press
All rights reserved.
本书出版获得 Literature Ireland 资助,特此鸣谢。

LITERATURE
IRELAND
Promoting and Translating Irish Writing

图字:09-2019-190 号

格兰贝的年轻人
[爱尔兰]科林·巴雷特 著 亚可 译
特约策划/彭伦 责任编辑/徐珏 封面设计/高熹 插图绘制/宋翰笛

上海译文出版社有限公司出版、发行
网址:www.yiwen.com.cn
200001 上海福建中路 193 号
上海信老印刷厂印刷

开本 850×1168 1/32 印张 6.75 插页 2 字数 97,000
2019 年 7 月第 1 版 2019 年 7 月第 1 次印刷
印数:0,001—8,000 册

ISBN 978-7-5327-8123-2/ I·4997
定价:48.00 元

目　录

克兰西家的孩子

你或许从未来过我的家乡，但你应该知道这类小镇。国道旁的某条岔路，路尽头的某个工业区，一座拥有五间放映厅的电影院，方圆一英里内大大小小上百间酒吧。大西洋近在咫尺，海岸线蜿蜒参差，海岬上海鸥肆虐。盛夏的傍晚，星罗棋布的牧场上弥漫着肥料的气味，牛群悠闲地抬起头，望着小伙子们驾着装有 V8 引擎的汽车呼啸而过，你追我赶地疾驰在乡间小道上。

我是个年轻人。镇上的年轻人不多，但这里是我们的天下。

今天是星期天，为期三天的忏悔节已经临近尾声。星期天是净化心灵、悔过自新的日子。你应当为自己犯下的过错痛心疾首，并发誓不再重蹈覆辙。这是一个还没日出你就盼望着日落的日子。

虽然已经过了晚上八点，天依然很亮，温煦的光线里蕴含着爱尔兰西海岸七月傍晚的动人忧伤。我和塔格·坎尼夫坐在多克里酒吧的露天吸烟区。这里是酒吧的后院，地方不大，铺着水泥地面，俯瞰流经镇上的小河。飞虫在我们的头顶飞舞。上方是悬臂撑起的帆布顶篷，鲜艳的糖果色条纹；微风拂过，篷布如船帆般荡漾。

我们临河而坐，潺潺水声让人心旷神怡。周围坐了十几个人。这些人我们都认得，至少是眼熟；他们也认得我们。许多人对塔格敬而远之，在背后管他叫"巨婴"。他身高体壮，性情乖戾，动不动就大发脾气。他定时服用镇定剂，不过偶尔出于逆反心理或是盲目自信，他会故意不吃药。有时他会告诉我，还把省下的药卖给我，有时他干脆只字不提。

塔格异于常人。他来自一个被悲伤笼罩的家庭，自己也仿佛鬼魂附体。他的本名叫布伦丹，是坎尼夫家第二个名叫布伦丹的男孩。他的母亲在塔格之前曾生过一胎，那个婴儿只活了十三个月便夭折了。后来塔格出生了。四岁那年，他们第一次带他去格兰贝公墓。他们在一块孤零零的蓝色墓碑前放下一束花，墓碑上斑驳的镀金字母刻下的正是他的名字。

我此时仍宿醉未消，而塔格就不会有这种问题。他滴酒不沾，这无疑是件好事。我端着一杯啤酒慢条斯理地喝着，酒里的气泡已经跑光了。

"头还晕吗，吉米？"塔格用刺耳的嗓音大声问。

他的心情不错。非常、非常不错，却也非常、非常亢奋。

"还有点儿懵。"我承认。

"星期五你去了奎利南酒吧？"

2

"奎利南，"我说，"然后是牧羊人，然后是凡丹戈。星期六又从头来了一遍。"

"带了哪个女伴?"他问。

"马琳·戴维。"

"我的天，"塔格说，"我的天，我的天，我的天。"

他用舌头舔着后槽牙。

塔格今年二十四，我二十五，但他看上去比我老十岁。据我所知，他还是处男。记得上学那会儿，教会女校的姑娘和保姆都用爱慕的眼神望着塔格。他从小到大一直是个英俊的男孩，但从十六岁开始发胖，之后就再没瘦下去。浑身的肥肉带给他一种阴郁的气质，即便是日常的坐立行走也令他疲惫不堪。他喜欢把头剃光，穿深色的宽松衣服，把自己打扮成《现代启示录》里白兰度的模样。

"好吧，我和马琳是青梅竹马。"我说。

这是实话。在我交往过的女孩当中，马琳最接近真正意义上的女友。就算我们从未两情相悦，却也从未疏远过，即使去年马克·卡卡兰让她怀孕之后也依然如此。圣诞节之后，她把孩子生了下来，是个男孩，取名为大卫，以纪念她过世的父亲。

星期五我在凡丹戈酒吧遇见了她。酒吧里还是平常那帮人。穿超短裙的姑娘蹬着细高跟鞋，披着爆炸式鬈发，裸露的前胸和肩颈用皮肤喷雾剂染成红褐色。脖子粗得像驴的小伙子穿着桌布图案的格子衬衫，农场的小子把袖口挽过胳膊肘，似乎随时准备被叫回家，把初生的小牛从母牛热气腾腾的阴道里拽出来。凡丹戈俨然一个大蒸笼。霓虹灯旋转闪烁，干冰烟雾氤氲，情欲激荡的低音震颤着无窗的四壁。我和德西埃·罗伯茨坐在吧台前，一杯接一杯地灌着烈酒。这时她步入我的视野。其实她早就看见我了，只是在周围游弋了一阵才走过来。我们心照不宣地笑了笑，对即将发生的事心知肚明。

这份默契让我感到安心，虽然我也不明白它何以如此长久。

马琳和她的母亲安吉住在一起。安吉是个随和、务实的女人。她常常凌晨三点不睡觉，坐在厨房餐桌前，一边翻阅电视杂志，一边小口啜着凉茶。她见到我很高兴，给水壶接满水，问我们要不要喝茶。我们说不必了。她说小大卫在楼上睡着了，注意别吵醒他。一进马琳的卧室，我就趴在凉爽的羽绒被上。她童年时代收藏的毛绒玩具全堆在床尾。我试着回忆每一只长着纽扣眼睛的小猪或兔子的名字，马琳把我的裤子褪到了脚踝处。

"布普西，温妮，弗兰普斯……鲁珀特？"

我的小腿毫无亮点，几条苍白赢弱的肌肉，卷曲丛生的黑毛。每次照镜子，这些丑陋的腿毛都让我厌恶难当。马琳的手指却温柔地揉捏起这些腿毛。她慢慢往上摸到我的大腿，低声说："翻过来。"当一个姑娘面对如此煞风景的小腿还愿意骑到你身上的时候，你必须心存感激。

"她是个好姑娘。"塔格说。

一只苍蝇落在他的光头上，在发茬间乱转。塔格似乎没有觉察到，我却忍不住想伸手。

"没错。"我喝了一小口啤酒，淡淡地说。

话音未落，马琳就推开酒吧的双开门，走了进来。在小镇上这种事时有发生：你刚念叨起谁的名字，嘭！那人就出现了。她穿着毛边牛仔短裤，墨镜架在红色鬈发上，正津津有味地舔一支冰激凌甜筒。她穿了一件浅黄色的露脐衫，恰到好处地展现出产后通过有氧运动恢复的健美腰肢。一个日冕文身环绕着她的肚脐。她天生一双碧眼，如果不是脸上粉刺瘢痕密布，她完全算得上一个美人。我的马琳。

马克·卡卡兰跟在她的身后。马琳见到我，朝我努了努下巴，算是打招呼。她的神色中颇有几分无奈，因为她的身边有卡卡兰，而我的身边有"巨婴"塔格·坎尼夫。

"马琳来了。"塔格说。

"嗯——哼。"

"她真的跟那个卡卡兰在一起了？"

我耸了耸肩。既然他俩已经生了孩子，出双入对自然也很正常。顺理成章的事儿。我告诉自己，无论她想和卡卡兰干什么或是不干什么，都与我无关。我还告诉自己，如果一定要对这事有所看法，我应该向这个伙计表示感谢，因为他替我挡掉一颗意外沦为人父的子弹。

"最近她打扮得很性感，"塔格说，"你不过去打个招呼？"

"星期五晚上我已经招呼够了。"

"最好别惹麻烦。"塔格说。

我的手掌滑到酒杯上沿，盖住杯口，手指轻敲着杯壁。

"你听说克兰西家孩子的新消息了吗？"短暂的沉默后，塔格说。

"没有。"我说。

"恩尼斯科西有个农夫说，他见过一个男孩，长相与克兰西家孩子相符。他还看见——听好了——两个女人，两个三十多岁的女人。她们在农夫家附近的小餐馆吃饭。他和其中一个女人说过话。听好了，据农夫的判断，她是——德国人。当时她们问他，不对，是她问他罗斯莱尔渡口的下一班轮渡几点？她说话带着德国口音。她们身边有个金发男孩，一个安静的金发男孩。那是几星期前的事了。农夫到现在才把两件事联系起来。"

"德国口音。"我说。

"没错，没错。"塔格说。

他的眉毛兴奋地抖动着。塔格对克兰西家孩子的事几乎着了魔，但普通大众对此事的热情已消磨殆尽。韦恩·克兰西，十岁，梅奥郡哥特拉波教区的小学生，三个月前失踪。当时他去都柏林参加学校旅行。前一分钟他还跟两名老师和其他同学站在市中心繁忙的三岔路口——红灯亮起，汽车止步，男孩女孩们簇拥着过了马路——下一分钟他就不见了。最开始大家还以为小韦恩只是走散了，迷失在大都市的人流中，但人们很快意识到：他并非迷路，而是失踪了。整个五月，他失踪的新闻占据了国家各大报纸的头版。大众的猜测是韦恩在那个三岔路口被陌生人拐走了。警察厅发动了全国搜寻，孩子的父母也在镜头前含泪哀求……结果一无所获，到今天依然杳无音信。孩子没找到，尸体没找到，连一条可靠的线索也没有。哥特拉波离我们镇很近，所以最初每个人都密切关注事情的发展。但随着时间的流逝，我们渐渐把这件事淡忘。

塔格却拒绝忘记克兰西家的孩子。他忍不住为这个没有结局的故事提供各种离奇的解释。在他想象的土壤中，一个接一个"假如……呢？"像黑色花朵一般竞相绽放。他独自一人的时候会整晚琢磨那些填满石灰的无名坟墓、贩卖儿童的跨国组织、地下人体器官交易、邪教崇拜。

我对他说，别再想了。

"她们可能是同性恋，"塔格说，"德国女同性恋。你知道，她们生不了孩子。不准人工授精，也不准领养。也许她们已经别无选择。"

"也许吧。"我说。

"克兰西家的孩子看上去像雅利安人。你知道吗？金头发，蓝眼睛。"塔格说。

"每个孩子看上去都像雅利安人。"我不耐烦地说。

7

马琳旁若无人的大笑响彻了整个后院。她和卡卡兰刚在一张四人桌前坐下，同桌的也是一对儿：斯蒂芬·加拉赫和康妮·里普。卡卡兰又高又瘦，一副营养不良的样子，跟我一个德行。看来马琳就喜欢这种类型。她此刻正为了加拉赫说的什么话哈哈大笑。同桌的其他人，包括加拉赫，都不免尴尬，但马琳仍笑个不停，还连连拍打加拉赫的肩膀，像在求他别那么幽默。

"但对那个孩子来说，那并不是最坏的结果。甚至连'结果'也说不上。"塔格说。

酒吧侍者推门进来，她手里的托盘上摆了四杯香槟。马琳挥手召她过去，把酒杯一一递给同伴；每只酒杯的杯口嵌着一颗草莓。卡卡兰付了钱。马琳把包甜筒的餐巾纸放在桌上，我注意到她无名指上戒指的闪光。

"我说得对不对？"塔格说。

他探过身，用肥厚的手抓住我的小臂摇晃起来。

"太他妈的对了，塔格。"我说。

我话里的火气让他眉头一皱。其实我想说的是：我还有别的事要操心，塔格，我没心思听你没完没了的唠叨。

"哦。"塔格说。

他把手缩回去，插在腋下，像是手指被门夹了一下。

"你的心情不好，是因为……"他环视四周，抽了抽鼻子，"因为马琳。那个淫荡的婊子马琳。"

我不悦地弹了一下舌头，朝他竖起了中指。

"我想跟谁滚床单是我的事，塔格，轮不到你说三道四。"

他往后一靠，整个人似乎大了一圈。

"我想说什么就说什么，我想说谁就说谁。"

"你他妈还真是个巨婴！"

塔格握住桌子的边缘。我感到桌面在颤动，然后它升了起来，杯垫纷纷滑落。我连忙抓起酒杯，后仰着躲闪。塔格猛地一掀，桌子翻过来重重地砸在水泥地上。周围的人惊叫着跳起来。

我两条腿先后落地，不紧不慢地从座位上站起来，两眼始终与塔格对视。他噘着嘴，似笑非笑，呼吸急促而粗重。

"对不起，塔格。"我说。

他的鼻孔剧烈地翕动了几下，慢慢平静下来。

"没关系，"他说，"没关系。"

他用一只手摸着自己凹凸起伏的光头，面带疑惑地看着四脚朝天的桌子，好像这事跟他毫无关系。

"好了，"我说，"走吧。"

我喝光残酒，把空酒杯放在邻桌上。

我跟在塔格身后往外走，人们忙不迭地让到两旁。

我知道他们在想什么。巨婴又发疯了。巨婴又出洋相了。怪胎巨婴和他的怪胎兄弟吉米·德弗卢。

"嗨，马琳！"路过马琳那桌时，塔格欢快地打起招呼。

马琳如往常一样淡定。她身边的卡卡兰一副战战兢兢的样子，生怕引火上身。

"你好，大块头儿。"马琳说。

她看了看我。

"还有小块头儿。"

"我是不是该说声恭喜？"我说。

我托起她的左手，拉直她的手指细细打量起来。马琳把手缩回去，用右手遮住。

"晚了，"我笑道，"我已经看见了。挺像样儿的一块石头。"

"是的。"卡卡兰说。

"真不赖。"塔格说。

我感觉到他硕大的身影从我的身后移到侧面，只等我一句话就要大打出手。

马琳下嘴唇朝上动了动。她死死地盯着我，眼神分明在说："你小心点儿。"

"吉米，我现在很开心，"她说，"请你滚蛋。"

出了多克里酒吧，残阳似血，天边泛起红色与粉色交织的晚霞。微风中生出一丝寒意。碎玻璃像石子一样在鞋底咯吱作响。路边停了一排车，其中有一辆小巧的掀背车，银色的漆已经褪色——正是卡卡兰的车。它光溜溜地骑在路肩上，仿佛是对后者的一种侮辱。挡风玻璃内侧贴了一张皱巴巴的"L"形贴纸。

"看这破烂样儿。"我说。

我用手掌猛拍了一下坑坑洼洼的车顶。

塔格不解地看着我。

"这是卡卡兰的车。"我说。

"这玩意儿就是个饭盒。"塔格说完，笑了起来。

"开着这玩意儿带着未婚妻到处跑，他还真是可怜。"我说。

"可怜，可怜，可怜。"塔格连连点头。

"塔格，你今天是不是没吃药？"我说。

"吃了。"他咕哝道。

他把一只大手平摊在车顶上，尝试把车左右晃动。车底的弹簧嘎吱直响。塔格向来不善于撒谎，他的身高体重意味着他不需要这种技能。只要你的块头足够大，你就可以口无遮拦。

"你要能把这玩意儿翻过来就牛逼了。"我说。

"小意思。"塔格说。

他晃啊晃啊，车身的摆幅越来越大，整个骨架嘎吱乱响。路肩的外侧比路面低了几公分，因此车身略微向外倾斜，也算帮了塔格一个小忙。当车身摆动到临界点时，塔格弯腰托住车的底盘，用尽全力将它掀起来。这一侧的车轮离开了路肩。一瞬间，这辆车仿佛金鸡独立，我看见底盘之下纵横交错的乌黑管道。塔格往前一推，伴随着刺耳的摩擦碎裂声，车翻了个底朝天。车窗全碎了，亮闪闪的玻璃碴溅了一地。车轮在半空颤抖着。塔格伸出手，稳住自己面前的车轮。

"好样的，大个子。"

塔格喘着粗气，脸涨得通红。他耸了耸肩。一辆车从街上驶过。几个孩子把脸贴在后窗上，争相观看这辆底朝天的掀背车。一个老头从酒吧里踱出来。他把破旧的平顶卷边帽扣在颤巍巍的头上，然后摘下来又重新戴好。松垮垮的领结扑打着他皱纹密布的红脸。他咧嘴一笑，露出一口黄牙。

"还好吗？"他说。

"好极了。"塔格说。

老头向我们挥了挥手，从翻倒的车旁走过，完全对它视而不见。

我低头看了一眼，一只棕色皮手袋在破碎的车窗边半掩半露。手袋里的东西散落在路边阴沟里，有纸巾、硬币、糖纸团、圆珠笔、购物小票、一支滚珠式腋下除汗剂、一支黑筒镶金边的口红。我把口红捡起来，揭开盖子，然后在副驾一侧的车门上用鲜红的大写字母写下了我的请求：

嫁 给 我

"我靠，"塔格说，然后咔嗒一声合了一下嘴，"牛逼，吉米。"

我耸耸肩，把口红塞进兜里。我把其他东西捡起来放回手袋。然后我把手伸进车窗，将手袋塞在副驾位的地垫下面。

"去你家吧，大个子？"我说。

"走。"塔格说。

塔格和他妈住在河对岸的法罗山小区。和马琳家一样，他爸也死了，在墓地里已经躺了十年。一次谷仓失火，老坎尼夫在吆喝马驹的时候心脏病发作。塔格他妈从此沉溺于酒精之中。她终日躺在弹簧外露的旧沙发上，小口喝着杜松子酒，眼睛盯着电视，眼前浮现出死去的家人。你和她打招呼，她会和蔼地笑笑，但笑容里充满了迷惑——她多半不知道你是电视剧里的人物，还是从记忆里走出的幻影，抑或一个站在面前的真人。有时她会把我唤作塔格或者布伦丹，却把塔格叫成吉米。她也会用塔格父亲的名字叫他。塔格说没必要纠正她，反正她已经离老年痴呆不远了。

我们在卡塞蒂食品店买了些吃的，嚼着薯片踏上河边的拉纤道。纤细的芦苇相互摩擦，轻快的声响仿佛出自新磨的刀片。岸边潮湿的石块黝黑如炭，在水藻丛生的河床上闪闪发亮。淤泥中淹埋着压扁的啤酒罐：强弓、荷兰黄金、卡帕雷克……俨然出土文物。一群群的蚊蚋在空中飞舞，我们经过时它们趁机饱餐一顿。

上游不远处横着一座木桥。

那座桥已经被封禁了。今年春天，一棵大树被洪水裹挟而下，撞在桥身上，至今依然卡在原地，遒劲的树干以四十五度角斜倚在破裂的桥身和折断的栏杆上。木桥的中段往下凹陷，但尚未垮塌。镇议会没有清理大树、修复木桥，而是在桥两端各立起一层薄薄的铁丝网，并张贴了措辞严厉的警示牌：擅自上桥者将被处以罚款，如有死伤后果自负。

铁丝网已经被踩倒了，因为这座桥是通往法罗山的近路。尽管镇议会明令禁止，像塔格这样的居民还是经常通过这座桥进城出城。

快到桥头的时候，我们看见三个孩子在那里玩耍：两个小女孩和一个稍大一点的男孩。女孩看样子五岁或六岁，男孩九岁或十岁。

男孩长着白色的头发——不是金黄色，而是白色。他穿着旧得发灰的棉背心和亮紫色的运动裤，一条裤腿挽到了膝盖处。两个女孩都穿着脏兮兮的粉色 T 恤和短裤。

男孩的脸上涂着酷似印第安人的油彩——两眼下面各用拇指抹了一道红白相间的颜料，加上鼻梁上一道竖直的黑线。他手持一根铝杆，可能原本是窗帘轨、拐杖，或者渔网架。杆子的一头被压尖了。

"你是什么人？印第安人吗？"塔格问他。

"我是国王！"男孩冷笑道。

"这是什么兵器？枪，还是剑？"我说。

"这是长矛。"他说。

14

他踏着匍匐在地的铁丝网走过来，纵身跳上拉纤道。接着他耍了一套武术：先是抄起铝杆空劈，然后举过头顶转了几圈，再熟练地换手。结束动作是单膝跪地，抖动的杆头尖端直指塔格的胸部。

"这是我的桥。"他咬牙切齿地说。

"我们想过桥，怎么办？"塔格说。

"如果我不放行，你们休想过去。"

塔格把皱巴巴的半包薯片递过去。

"我们可以付过路费。国王，来点儿薯片？"

男孩把手伸进包装袋，抓起一大把弥漫着醋味的薯片。他仔细瞧了瞧手里的薯片，又闻了闻，然后分成两份递给两个女孩。女孩们把薯片一片接一片地放进嘴里，嚼得飞快。她们仰起头做出艰难吞咽的动作，活像一对雏鸟。

"小鸟真乖。"男孩拍了拍女孩们的脑袋。

她们对视了一眼，咯咯笑起来。

"你们不该吃陌生人给的东西。"塔格说。

"薯片是我给她们的。"男孩用长矛拍了拍自己的胸脯，"你们过桥干什么？"

"我们去找人。找一个男孩。一个金发男孩。"塔格说，"他长得有点儿像你。离家出走了，没人知道他去了哪儿。"

男孩皱起眉头。他退到铁丝网上，望了一眼蜿蜒的河道。

"他没到这儿来。"他最后说，"要不我肯定会看见他。

我是国王。我什么都看得见。”

"好吧，但我们总得试试。"塔格说。

放手吧，塔格——我想说却没能说出口。有时真正的友情莫过于此：即便你如鲠在喉，也依然缄口不言。

我回头望了一眼来路。山丘的尽头是公路，再远一些是低矮残破的小镇剪影。我隐约听见骚动和叫喊——也许只有我听得见。我想象马克·卡卡兰站在多克里酒吧的门口，冲着底朝天的汽车暴跳如雷。马琳站在他身边，双臂交叉在胸前。我几乎能看清她的表情，看清她狭长眼睛里的绿色微光，和她的嘴角勾勒出的一丝笑意。她嘴唇的颜色与我留在车门上的字母交相辉映。我从口袋里摸出那支口红，递给一个女孩。

"另一件礼物。"我说，"好了，我们走吧，塔格。"

塔格从男孩身边走过。男孩端起铝杆，把尖端捅向塔格的肚子。塔格握住杆头，把它拧向自己。他假装大口喘气，手在空中乱抓。

"你杀死我了。"他大叫。

他后退两步，摇摇晃晃地跪倒在地，然后向前扑倒在草地上，像个五体投地的祈祷者。

"你把他杀了。"我说。

我用脚尖轻踢了一下塔格的肋部。他软塌塌地跟着动了动。男孩走过来，学着我的样子踢了一下塔格的肩膀。女孩们不再作声。

16

"你准备怎么向你妈解释?"我说。

男孩努力�’着嘴，眼泪还是不听话地往上涌。

"哎呀，他快要哭了。"我说。

心软的塔格装不下去了。他嘴里呼呼两声，坏笑着抬起头。他看着男孩，爬了起来。

"别哭了，小家伙，"他说，"刚才我死了，现在我又活过来了。"

他迈着沉重的脚步，越过铁丝网上了桥。我紧随其后。

"国王，再见!"塔格大喊。

我从男孩身边经过的时候，他恼怒地看着我们，双臂交叉在胸前，铝杆搭在肩头。

"如果你们掉进河里，我可救不了。"他警告道。

木桥在我们脚下嘎吱作响。到了桥中央，那棵大树扭曲的枝桠如同女巫的手指伸向我们的脸。我们必须压低或拨开树枝才能前行。

"再跟我说说，塔格。"我说。

"说什么?"

"说说克兰西家孩子的事。说说那两个德国女同性恋。"

于是塔格开口大谈自己的猜想。其实我并没有听，但这也无关紧要。在他喋喋不休之际，我望着他的光头随脚步高低起伏，望着他头上的凸起与凹陷。他肥厚的脖子上深深的皱褶在我的眼里幻化成一张没有嘴的鬼脸，他左右摇摆的肩膀雄伟如山。我想起克兰西家孩子的那张照片——塔格从星期日报纸上剪下来，贴在卧室的软木板上。就是那张广为流传的照片，一张生日聚会的剪影：他长满金发的头上紧扣着一顶皱纹纸寿星帽；他开怀大笑，露出两颗日后让人心碎的虎牙；他的双眼睁得大大的，似乎迷失在那个幸福的瞬间。我想起了马琳。我想起了她的孩子。一念之差，那会是我的孩子。我想起她肚脐周围的日晷文身，想起她紧致的小腹——我可以让她躺下，看着硬币从她的小腹上弹起。我们终究都有自己无法放手的事。

残破的桥身在我们的脚下不住地震颤、呜咽。等我们到了对岸，踏上坚实土地的那一刻，一阵莫名的感激从我心底涌起。我伸手拍了拍塔格的肩膀，然后转过身，准备挥别那位年幼的国王和他爱笑的女仆。当我的目光越过黝黑的湍流时，我发现那几个孩子已经不见了。

诱 饵

那似乎已是一千年前的某个夏夜，我和堂弟马汀·贾奇开车绕着林园区空无一人的绿地转了一圈又一圈，期待着她的出现。那是又一个桑拿天，满月低垂，月影模糊，似乎漫长的暑日已把空气熬成了浓汤。

我一如往常地握着方向盘；马汀缩在后座角落里，像一件随手丢弃的外套。他把鼻子贴在车窗上，看着一排排千篇一律的平房无声无息地从眼前掠过。他的前额亮晶晶的，苍白的脸隐隐泛蓝，看来有点儿晕车。马汀的状态不好。我知道，他满心满脑子都是那个姑娘，每个曾深陷爱河的男人都懂得这种忧伤。

马汀一出门我就感觉不对劲。他手提球杆盒，步态慵懒而迟缓，仿佛正在穿过一层即将凝固的水泥。他来到车窗前，胸前的 T 恤上渗出团团汗迹。他像个陌生人一样看着我，嘴里吐出一个名字。

"莎拉。"

"她怎么了？"

"咱们去林园区转转。"他用不容商量的口气说。

莎拉·迪格南。马汀念念不忘的冰美人。她家就在林园区。我们在这一带已经转悠了将近半小时。马汀不时从裤兜里掏出手机，但他不发短信，也不拨电话。我能够想象小区里的某些母亲正透过窗帘缝紧张地望着我们。

　　马汀清楚莎拉的家住在哪儿，我自然也知道。不过他假装一无所知。

　　马汀和莎拉，其实两人从未真正在一起。他们正式交往的时间还不到半个月，仅仅是在公共场合短暂露过几次面。他们的关系始于"幽暗森林"——森林里有个停车场，是那些兜里没钱或者年纪不够进酒吧的少男少女每周五聚会的场所。"幽暗森林"夜间派对的主题是情侣速配。躁动的音乐从一辆敞着门的车里流出，场地上备好了啤酒和香烟，那些等待配对的年轻人蠢蠢欲动。情侣速配是一项诡异而冷血的仪式，它有一套固定的流程：参与者的朋友们经过漫长的讨论决定如何配对，而配对的结果有如包办婚姻，新鲜出炉的"情侣"甚至来不及说声"嗨"就被推进对方怀里，然后被送进树林幽深的黑暗里。在林中，那声"嗨"往往还没说出口，每对"情侣"就已在林间树下找到一个私密的空间，开始了肢体的对话。

　　每个小伙子都想和莎拉配成对，但最终得到她的人是马汀。两人并肩走进森林，出来的时候他的脸由于狂喜而苍白。他无法抑制那种翻江倒海的激动，走到无人的角落吐了。

我问他到底发生了什么，他攻上了几垒？他只是摇摇头。之后他们约会过几次，马汀拉着莎拉的手腕，眼睛里闪烁着略带惊恐的喜悦，俨然一个如获至宝的男人。谁也不知道该对他们说些什么。我们这群马汀的哥们无一例外地感到既困惑，又艳羡。马汀也不知道该对莎拉说些什么，而她一如既往地惜字如金。好在这段关系不久就结束了，我们都松了一口气。莎拉提出和平分手，却没有留下任何理由。马汀自然是痛不欲生，但也没有追问。最初他告诉自己，这件事的结局一开始就注定了，美好的事物无法久存……诸如此类的话。那是一年前的事了。这种禁欲主义的哲思暂时缓解了他的失恋之苦，但被长久压抑的痛苦如今终于全面爆发。

马汀坐在后座的原因不仅在于他的情伤，也因为他很容易晕车。只要有一点转向，无论多么轻微和短暂，都足以打破他体内的平衡，让他的脸色变成牡蛎灰。如果他坐在副驾，看着挡风玻璃前方的世界颤抖着迎面扑来，情况只会更糟。要想避免极度不适，在相对宽敞、隐蔽的后座上半坐半躺是马汀唯一可以接受的出行方式。于是就有了我这个司机。

马汀的身边放着他的球杆盒。那个球杆盒是专门定制的，荔枝纹牛皮、不锈钢搭扣，里面装着马汀悉心呵护的两段式台球杆。

这个时间我们通常会在别处，一般是在镇上。我们有一套固定的日程：每晚我先去马汀家接他，把他送到主街上的奎利南酒吧，然后他开始挣钱。他是镇上顶尖的台球手，每晚都能击退几个挑战者。马汀的名声引来了源源不断的挑战者，其中多数人已被他数次击败；每个人都会下大注，幻想一举翻身，结果只能一脸敬畏地看着他再次横扫。马汀很精明，懂得偶尔输上一两场，留给对手些许希望，免得他们心灰意冷。他意外地发现，恰恰是那些他最无情击溃的人最迫不及待地回到桌前，等待重蹈覆辙。

"你看。"他的声音从后座上飘来。

我眯着眼睛扫视了一番。社区里没有大路，只有深浅不一的车轮印，但我还是看见了她们——两个在黑暗中翻过小丘的模糊身影。那是两个结伴而行的姑娘，一个身材高挑，另一个普普通通。

"是她。"我说。

"显然是她。"马汀说。

他说话的时候，我以为自己看到了一团火苗，或是一处闪光，但那只是她高高飘扬的头发。莎拉·迪格南是个高得吓人的姑娘，她的个头比我高，甚至超过了一米八八的马汀。她一头金发，肌肤似雪，五官精致得无可挑剔。她出自一个平淡无奇的家族，如此的美貌简直是从天而降。从她的家人身上，你完全无法预见她的美貌或身高——她的父亲活像一块长了毛的布丁，母亲身材矮胖却生了张乌鸦一样的瘦脸，几个哥哥就更别提了。她是家里最小的孩子，也是唯一的女孩。她的三个哥哥个个生得矮胖、愚钝、丑陋。她的性情也特立独行：迪格南家的人都是老实巴交的乡下人，一见面就热络地跟人聊起家常；莎拉却是个冰美人，喜怒无常，对于落在自己身上的万千宠爱不屑一顾。即便她刻意保持低调，也始终是旁人议论的焦点。

由于这种从内到外的巨大反差，人们对迪格南家女儿的真实血缘议论纷纷。有人说莎拉是吉卜赛弃婴，或是切尔诺贝利的孤儿。有人说她出生时脐带绕颈导致窒息，大脑死亡长达五分钟、三十分钟，甚至一个小时，但她又神奇地起死回生。有人说她罹患阿斯伯格综合征 ① 或者小儿多动症或者躁郁症。有人说，她的情况按照教科书上讲的，要么是白痴，要么是天才。也有人说她六岁就进入了青春期，所以才会长这么高。

"她旁边那个人是谁？"我问。

"珍妮·蒂尔尼。"马汀肯定地说。珍妮·蒂尔尼是莎拉的跟班，也是她最亲近的女友。和旁人一样，珍妮无法与莎拉超凡脱俗的美貌媲美，但我喜欢珍妮，喜欢她的花童发型、脸上的雀斑和平凡无奇的腿。她的牙齿间还有明显的齿缝。

"我们要怎么办？"我问马汀。

"开慢点儿。让我和她们说句话。"

---

① 新生儿可能罹患的一种疾病，具有孤独症同样的社交障碍，但没有明显的语言和智能障碍。

我顺从地放慢速度，紧紧跟在她们身后，连续打了几下远光。她们如我所愿地回过头。马汀摇下车窗。

"嗨，美人。"他说。

"嗨。"莎拉说。她的手里拎着一瓶伏特加，上面沾了一根黑色麦秆，另一只胳膊上挂着手袋。珍妮也拎了一瓶酒。

"好久不见。"马汀说。

"你的气色真差。"莎拉说，但她并没有正眼瞧他。

马汀眨了眨潮湿而疲惫的眼睛。"我不是一直这样吗？你们俩今晚要去哪儿？"他问。

珍妮说："不关你的事。"

"好吧，你说得没错。"马汀说。

莎拉耸了耸肩。

"去找个带把儿的。"珍妮说。

"哈，"马汀强颜欢笑道，"好吧，好吧，好吧。至少我们可以搭你们一段。"

"你们去镇上？"莎拉问。

"还能去哪儿？"马汀说。他拉开自己一侧的门，在后座上腾出地方。

莎拉却绕到前面，拉开副驾车门。她弯下腰冲我微微一笑，隔着座椅的头枕对马汀说："我才不会坐你旁边。"

"为什么？"马汀哑着嗓子问。

"因为你会动手动脚，"她说，然后转回头看着我，"特

24

迪就人畜无害。"

"特迪是个正人君子。"马汀说。

"特迪胆子太小，只能做个正人君子。"莎拉说。

她穿着一条短裙。只见她小心翼翼地撩起裙摆，把两条长腿先后伸进车里，既不露出一寸内裤，也不洒出一滴酒。她的头顶蹭到了严重老化的塑料车顶，肩膀随之一沉。她抬起一只手，修长的手指在我的眼前舞动。我望着她粉红手掌上的细纹，她佯装生气地拍了拍我的脸。

"说'莎拉，谢谢'。"她说。

"谢谢。"我说。

她咯咯笑了起来，并用她那双蓝眼睛盯着我。一个意味深长的微笑。

"呜——"马汀阴阳怪气地叫起来。

珍妮窸窸窣窣地坐在马汀的身边。

"我们去奎利南？"马汀说，"去看我如何辗压全场？"

"没——兴——趣——"莎拉说。

"去吧。"马汀说。

"没——兴——趣——"珍妮说。

"你们已经上了车了，"马汀说，"这车就是去那儿的。"

"是你说要搭我们一段的。"珍妮说。

"你们自愿上了车，"马汀说，"就等于上了贼船。"

马汀一马当先走进奎利南酒吧，我提着球杆盒紧随其后，莎拉和珍妮也跟了进来。吧台前坐着一排无所事事的老头，差不多个个都死了老婆，体型臃肿不堪；他们的脸已经醉得通红发胀，却依然端起啤酒往嘴里送。他们对我们视而不见，当然也不会和我们打招呼。我们径直走到酒吧最深处，那里摆了一张球桌，旁边围着一群候场的小伙子。一局球正在进行中。对决双方一看见马汀就抬起了手中的球杆。莎拉和珍妮吸引了所有人的眼球，小伙子们瞬间恢复了站姿，纷纷定格到自以为最帅的造型。

我把球杆盒放在一张桌上，然后快步到吧台为我们这伙人点了加冰的可乐——马汀打球时从不喝酒。两个姑娘忙着姑娘那些事：扫视整个屋子，不动声色地给每个小伙子贴上标签，然后哒哒地蹬着高跟鞋进了洗手间。

马汀拨开锁扣，从盒子的平绒内胆里取出两段球杆。他把一段的接头旋入另一段，接缝处发出完美的轻响。然后他把一滴油洒在平纹细布上，从上到下擦拭了一遍球杆。球桌旁有十几个小伙子，准备上场的已经开始转动肩膀、活动手指。

马汀宣布了规则。

"单局胜负五块。三局两胜二十块。五局三胜五十块。我可没工夫闲扯。"他的脸上恢复了血色与自信，声音也镇定下来。在这片天地里，他总是不怒自威。

布伦丹·蒂姆林第一个上场，不到四分钟就输了五块。接下来是彼得·达根。三局两胜，零比二，十一分钟。道格·斯威尼，零比二，十四分钟。战局如此继续着。一个小时过去了，马汀已经赢了五十五块，这还不包括他替我们一行四人付的十二杯可乐钱。

第二场比赛的中间，两个姑娘从洗手间出来了。她们找了张桌子，故意背对着球桌坐下。珍妮靠着莎拉的肩膀。她说话的时候齿缝里闪着光。莎拉冲着远端墙上的布告牌发呆，布告牌上钉着一堆过期广告，从肥料储存方案到信仰疗法，不一而足。每当有人从酒吧后门进出，那些广告就会哗啦啦一阵乱抖；莎拉也会随之一颤，尽管门外吹来的风和室内的空气一样温暖。

小伙子们逐渐远离珍妮和莎拉，聚拢到球桌前。他们放弃了与姑娘亲密接触的机会，这在某种程度上是对马汀精湛技艺的致敬。只有我确保姑娘们不受冷落，几乎随叫随到——只要她们一抬手，我就上前加满可乐，而且绝不纠缠。姑娘们从手袋里掏出酒瓶，肆无忌惮地往可乐里加伏特加。即便观战人群越发地喧闹，她们也不回头。马汀不时从她们的桌前经过，貌似不经意地提醒她们，自己是多么游刃有余。

"干得漂亮。"莎拉说。

"真刺激，是不是？"珍妮说。

"这样的晚上可以没完没了。"莎拉说。

"要真是这样，你就成百万富翁了，小子。"珍妮说。

"这样的晚上我可没少挣。"马汀说。他把球杆斜架在肩头，俨然扛着一杆枪。

"他们就这么没完没了地来，"珍妮说，"就这么没完没了地来，简直一眼望不到头。"

莎拉淡淡一笑。她回味着珍妮的话，额头中央出现了一道竖直的细纹。

"是因为天热，"莎拉说，"空气里的热量让夜晚更持久。你听说过撒哈拉的干尸吗？在沙漠中心最热的地方。太阳把人的皮肤烤干了，所以尸体不会腐烂，成了木乃伊。"

"外面也有那么热吧？"马汀笑着朝后门扬了扬头——门外林立着小镇中心的水泥楼房。

"我们还不习惯这种天气。"珍妮说。

"我习惯了。"莎拉打了个呵欠。"我们接下来到底要去哪儿？"

面对莎拉的问题，马汀故作淡定。其实我也怀着同样的疑问。

"等会儿再说。"他轻声说着，回到球桌前。

"森林，"珍妮说，"森林。"

马汀从赢下的赌资前走过。落败的球手会把皱巴巴的钞票或者硬币扔在台面上。马汀从不碰钱，我才是那个收钱点数的人。

临近午夜，镇上的恶棍那宾·坦西大摇大摆地走进酒吧。马汀正在对战基利安·韦尔，只见坦西在两个大块头的簇拥下径直走过来。那两个跟班一身横肉，天生的打手模样，煤黑色的眉毛显示出他们几乎从不动脑子。坦西本人很矮，二十岁的年纪就谢顶了。他的两眼硕大而亢奋，脑门很宽，太阳穴的皮肤薄得像个僧侣或病人。他穿了一件紧身T恤，裸露的二头肌上爬满了静脉，活像两块坚硬扭曲的红薯。他的下颌神经质地咬合着，整个人轻微晃动，浑身上下散发出过剩的精力。他很可能吸食了不止一种毒品。

"贾奇小子，传说中的贾奇小子。"他一边说，一边在俯身瞄准的马汀背上拍了拍。马汀不为所动，压低身形，稳稳击出一杆。球桌中心挤成一团的色球和花球应声散开，伴随着沉闷的撞击声从库边弹回。所有的花球——马汀总是打花球——在灯光下旋转成为一道道彩带，仿佛某种催眠术。一颗花球滚向左上角底袋，清脆落袋；绿色台布上剩余的球慢下来，定格成新的球形。

"好球，"那宾说，"好球，贾奇小子。"

"想来一局吗，坦西？"

"也行，"坦西说，"不过我感觉会输给你。"

马汀端起可乐喝了一口。有些观战者悄悄离开，胆小的都不想引火上身。

"看来我要先向你道歉喽？"马汀说。

姑娘们没有转身，但他知道她们在竖着耳朵。

"别瞧不起人。"坦西咂了咂嘴，说。他仔细看了看台

29

面上的球形，然后捡起白球，在手里翻转。马汀清了清喉咙。坦西把球放回原位，然后从基利安手中抽出球杆。他的一个喽啰在硬币槽里放了钱。之前落袋的球从球桌深处滚了出来。喽啰把三角架放在球桌上，叮叮哐哐摆好球。

我听见椅子腿的嘎吱声。莎拉和珍妮已经转过身来，面向球桌。

"别他妈磨蹭！"坦西对马汀说。

"说话注意点儿，坦西。"珍妮说。

"我认识你吗？"坦西对珍妮说。

珍妮摇了摇头。她笑吟吟的眼中透出一分寸步不让的狠劲儿。她盯着坦西；坦西的目光将她从上到下打量了一番，又顺着莎拉的腿往上爬。"迪格南家的姑娘，我可认得你。我还认得你的那几个哥哥。你跟这两个人一块儿来的？"他朝马汀和我扬了扬头。

"今晚是。"莎拉说。

"我认识你的哥哥，迪格南。老天，你真是从煤堆里扒出来的钻石，你知道吗？"

"她知道，"马汀说，"每个人都知道。"

"你和他在一起吗？"坦西朝马汀的方向白了一眼。

莎拉看着马汀。再没有什么比怜悯更可悲了。

"他爱上你了，"坦西微笑着，又朝马汀摆了摆头，"瞎子也能看出来。"

"我们还打吗？"马汀说。

"打，打。开始吧。"坦西的口气居然略带歉意。

马汀开球，炸球时就进了一粒花球，接着又连进两球。第四杆他几乎使了全力，眼看已经入袋的花球居然反弹出来，在台面上兀自旋转，最终停在离袋口三十公分的位置。

"你这杆好得过了头。"坦西说。

"等我把你的男人解决了，你今晚就跟我们走？"他问莎拉。

"想得美。"莎拉说。

坦西转过身，球杆的杆尾垫在他的鞋尖上，杆头几乎触到了他的下巴。他盯着莎拉，满头都是豆大的汗珠。坦西就那么直勾勾地盯着莎拉的脸。没几个人会这么做，也没几个人敢这么做。

"爱拼才会赢。"他微微一笑。

他回身趴在球桌上，左手的手指按住台面，球杆晃悠悠地架在指关节间。坦西似乎在认真考虑出杆的角度，但在下杆的刹那，他压低杆头，在台面上划下一道长长的口子。

"哎呀。"他说，然后再次俯身出杆。结果他再次刮伤了台面。

"你他妈能不能滚出去，让我们清静一会儿，坦西？"马汀面无血色地说。

"有些人你永远赢不了。"坦西说。

他把球杆递给基利安。

"来呀。"他对莎拉说,然后大步走过去拉住她的手。

坦西把莎拉从椅子上拽起来,她比他足足高出三十公分。她慢慢靠近坦西,猛地低头扑在他的胸口上。坦西像小狗一样叫了起来。他倒退几步,前胸的 T 恤上出现了一块逐渐扩大的暗斑。

"天啊,她咬了他。"基利安偷笑道。

坦西用下巴抵着胸口,看了一眼自己的伤口。他抬头看了看莎拉,眼神有些恍惚。

马汀在一旁冷冷地看着。

坦西捂住胸口被咬伤的部位。

"我的奶头。"他说。

珍妮站起来,现在换成她拉住莎拉的手。

"我们走吧。"珍妮拉着莎拉往外走。

"等等。"马汀说,但两个姑娘头也不回。

"快去,"他对我说,"把她俩追回来。"

"我?"

"赶紧追上那两个婊子,抱着她们的腿别松开。"他说。

马汀的脸色又转为苍白,头上虚汗直冒。他瘫坐在长凳上,用球杆撑着身体。

"血止不住了。"坦西说。那块暗斑不断地往下扩张、变宽。

"缝针,"他的一个喽啰说,"要缝针,再打一针破伤风。"

人群中爆发出一阵哄笑。我朝吧台走去，但两个女孩已经出了酒吧。

我冲出前门，追到街上。外面很热，而且感觉越来越热。我们正在经历一场马拉松式的高温，连续十三天滴雨未降，这在我们这个常年阴雨的地方简直闻所未闻。雨水不足让镇子周围的农场遭了殃。牧场的草枯萎发黄。当你站在乡间小路上，你能听到农田四周的沟渠里荆棘的干涩响声。牛群聚集在一片孤零零的云朵的阴影下；云随风走，牛随云走。狗用鼻子蹭着石头的阴面，希望觅得一丝残留的潮气。镇上的退休老人迈着蹒跚的步子，仿佛中了暑；他们走街串巷，试图回想起自己要去的地方。

现在，即使夜晚也无法带来片刻的凉意。

我依稀看见她们翻过主街上的小坡，便跟了过去。我听见笑声，摇摇晃晃的脚步声；我看见摇曳的头发，一闪而过的长腿。我跟着她们上了丹顿街，近了一些，但还隔着相当的距离。她们在说话，但我听不清说话的内容。看来她们是故意让我跟着的。她们拐了个弯，消失在里奇普尔巷。小巷墙壁上的灰泥闪着磷光，上面铺着斑驳的苔藓。我伸手触摸这层潮湿的毛皮。

从巷子出来，我左右张望，却不见姑娘的身影。我停下脚步，凝神屏息。在绵密的微风中，我再次捕捉到隐约的笑声。我恍然大悟，大步朝她们奔去。

她们站在"幽暗森林"的停车场边缘，等待着。她们面朝向我，可惜光线太暗；停车场空空荡荡，我只能分辨出悬浮在半空的脸。那两张椭圆的脸飘在黑暗里，仿佛正在汇聚成形，或是几近消散。她们转身消失在森林里。

我必须承认，这时我长出了一只角。那只角慢慢向上挺起，卡在内裤的松紧带上。我步入森林，松紧带如同一根钢丝反复锯着那只角。污言秽语在我的喉咙里聚集，但都被我强压下去。

"没有恶意，"我脱口而出，"我没有恶意！"

我确实没有恶意。言听计从是我独有的沟通方式。我从未试图摆脱配角或跟班的角色，也因此收获了某种微妙的信赖。我是个不折不扣的跟屁虫，但马汀离不开我，姑娘们也离不开我。我对此深信不疑。除了我，马汀还能派谁在深夜里追赶两个姑娘？除了我，姑娘们还放心让谁跟进森林？

林中没有路。我扶着面前出现的每一根树干蹒跚而行。此前我从未获准踏入这片森林。这些树摸起来仿佛是活物，我也必须这样提醒自己。树枝尖端的树叶摩挲着我的脸，仿佛扑打着干脆翅膀的飞蛾。我跟跟跄跄地避开石块，跨过虬结的树根。盛夏林木繁复的气味环绕着我，其间混杂着交合留下的恶臭。

她们从背后出其不意地将我推倒。我面朝下扑倒在灰土中，她们的脚尖像冰雹一样落在我的两肋。我翻过身，什么东西在我的额头碎裂，潮湿的感觉在脸上蔓延。伏特

34

加渗入不计其数的伤口，仿佛火在烧。一个重量压在我的胸口，一股力道从上到下掐住我的喉咙。我往上看，却什么也看不见，眼前只有酒精火辣辣的灼烧感。几只手在我的大腿上一番撕扯，把我的裤子扒了下来。那只角无遮无挡地挺起来，像个被赶到大街上的肮脏流浪汉。

我听见上方双头幽灵的笑声。一个声音——或许是两个声音——说：

　　啊，特迪，

　　　　　　特迪，

　　　　特迪，　　　　　　　　我们

　　　　　　　　　　　　　　我们要

　　　　吸

　　　　　　吸

　　　　你的眼睛！　　　　　　　你的

眼睛！

　　　　　　　　　　　　从你的

　　　　吸啊！

　　　　　　　　　　从你的脸上吸下来。

然后又是一串笑声。我说不清是谁在说话，又是谁在笑。要不是那只靴子踩在我的喉结上，我会开口乞求。我会说："来吧，姑娘们。"我会说，"不要手下留情。"

月　球

孔雀酒吧兼夜店的总保安瓦伦丁[1]·内亚里觉得自己的牙有点儿不对劲。他把上排牙齿舔了一遍，发现一根丝状物卡在两颗前磨牙之间。瓦尔[2]用舌尖连续捅了好几下，终于把那东西弄松了。他用小指头把它掏出来，举到屋檐的黄色灯光下。瓦尔仔细看了看发亮的小指尖上沾着的东西。当他认清那东西的时候，不由一阵窃笑。

瓦尔的得力助手鲍里斯从夜总会两道大门之间的侧门里背身走出来，两手各端着一杯六百毫升的葡萄适[3]，杯口挤满了冰块。

"来看看这个，鲍里斯。"

"看什么，头儿？"

"我刚从嘴里掏出一段女人的玩意儿。"

鲍里斯不明所以地盯着瓦尔的脸。"女人的玩意儿……

---

[1] 英文为"Valentine"，与情人节（Valentine's Day）纪念的圣瓦伦丁同名，在故事里有双关的意味。

[2] 瓦伦丁的昵称。

[3] 源自英国的一种运动功能饮料。

什么？"

瓦尔低头看着蜷起的小指，看着那根让人想入非非的游丝。那是一根红得发亮的阴毛，它的主人是玛蒂娜·博兰——"孔雀"的老板戴维·博兰最年轻漂亮的女儿。

"没什么，伙计。"瓦尔微微一笑，指尖一弹，把那根毛送进北梅奥郡的晚风中。

"鲍里斯，谢了。"他举起自己那杯葡萄适。

"别客气，头儿。"

瓦尔听见一辆车拐上通向夜店的小路。他喝了一大口葡萄适，漱了漱口才咽下去，然后看了看表。凌晨一点三十三分——再过一小时就开灯打烊了，客人却仍源源不断。格兰贝镇附近的少男少女还在乘着出租车和小巴，汇集到灯火通明的夜店停车场上。

"孔雀"的顾客以年轻人为主。这些年来，夜店以其严格的入场标准以及因人而异的通融而著称。售票亭背后的墙上钉了一块牌子，上面写着"年满二十一岁方能入场"，不过大家都知道规则是可以松动的。姑娘只要打扮得光彩照人，没有身份证也能入场。小伙子同样需要精心打理一番——得体的鞋、衬衫，同行最好别超过三人。最重要的是不能喝醉。瓦尔在夜店门口已经守了八年，他一看你的脸就知道你喝了多少酒。他和他的手下——鲍里斯、米克和莫斯——眼里容不得一点儿沙子。即便你故作醉态地开个玩笑，也会被他们一脚踢出来。

"人还真不少。"鲍里斯冲着开进停车场的出租车点了点头。车里下来四个姑娘。瓦尔和鲍里斯一一打量着她们。四个人都光着腿,迷你短裙配高跟鞋,上衣的用料少得可怜。瓦尔正了正肩膀,清了清喉咙。女孩当中没一个接近十八岁。她们朝夜店的大门走来,门卫冷峻的目光让她们变得格外安静。

"晚上好,女士们。你们好吗?"

"很好。"

"棒极了。"

"超级棒。"

只有一个女孩没有立刻回答瓦尔的问题,她也是最漂亮的那个。她懒洋洋地抬起苍白的脸,把一绺飘逸的黑发拢到耳后,眯起棕色的双眼。

"你呢,甜心?"瓦尔微笑着说。

"马马虎虎,瓦尔,和你差不多吧。"看来她认得他。不过镇上大多数人都认得他,至少听过他的名声。

瓦尔想不起这张面孔背后的名字,只是隐约记得她是德瓦尼家的。

"今晚快打烊了,姑娘们……"瓦尔煞有介事地看了看腕表,"要我说,现在进去不太划算。"

疑似德瓦尼家的姑娘不屑地笑笑,漫不经心地往夜店旁边瞥了一眼——那里空空荡荡,只停了几辆店员的车。她回头看着瓦尔,挑起一条精心文过的眉毛。

"没关系，瓦尔，"她说，"我们还是想进去。"

瓦尔歪着头，鼓起腮帮子，似乎在斟酌一条刚发现的线索，然后他退后一步，拉开门。

"请进，姑娘们。祝你们玩得开心。"

几张脸上露出如释重负的笑容。

"谢了，瓦尔！"

"谢了！"

"多谢！"

瓦尔面无表情地点点头。疑似德瓦尼家的姑娘盯着他的眼睛看了几秒钟，一言不发地从他身旁闪过。瓦尔喝了一口葡萄适，肆无忌惮地打量着姑娘们的屁股。她们排队买了票，手背上盖了戳，游鱼一样滑进了夜店内场。音乐震耳欲聋，灯光扑朔迷离。

他第一次见到玛蒂娜·博兰的时候，她还是个孩子。那时她十六岁，不爱说话，勤奋好学，戴着牙箍，婴儿肥。有时她放学后会来"孔雀"。那个时段她父亲一般在大厅里照管酒吧，而瓦尔在帮店员布置夜场。工作日的下午酒吧里一片沉寂，常客只有镇上屈指可数的几个老酒鬼；他们每天准时出现，不紧不慢地消耗各自的退休金。戴维喜欢谈论自己的女儿——大女儿在内斯教书，二女儿在布里斯托尔当放射治疗师——玛蒂娜也顺理成章地成了他的谈资。

"这个姑娘，"他会抓着女儿稚嫩的肩膀说，"准能考上

39

三一学院①，伙计们。念医科！"

玛蒂娜会翻着白眼叹口气。然后她会到大厅最里面找个卡座，从书包里掏出砖头一样厚的教科书，埋头苦读好几个小时，脸上一副生无可恋的模样。她的父亲则满面春风，为那些踞在高脚凳上的老头送上一杯又一杯啤酒。

几年的时间一晃而过。高考那年玛蒂娜似乎从公众的视野里消失了。第二年瓦尔听说她去了外地上大学。不过她去的不是都柏林，而是戈尔韦；学的也不是医科，而是艺术。今年夏天她再次出现——戴维安排她周末来"孔雀"打工。玛蒂娜十九岁了，出落得亭亭玉立。上班的第一晚，她蹬着齐膝皮靴，搭配精心挑选的粉色紧身衣，头发染成火焰般的亮橙色；她的眼里闪烁着杀手般的寒光，分明地告诉每个人：昨日那个土里土气的书呆子已经一去不返了。

瓦尔发现自己不断地寻找借口徘徊在她的左右。当玛蒂娜把脏酒杯堆进洗碗机的时候，他会倚着吧台；当她用抹布擦拭桌上黏糊糊的残酒时，他会在附近的卡座旁驻足。他们会拌嘴、开对方的玩笑，也会在周六晚场的人潮涌入时交换一个默契的眼神。几周后的一个晚上，瓦尔提议送她回家。在停车场幽暗的角落，两人并肩坐在瓦尔的尼桑车里。他们说了几分钟无关痛痒的话，然后玛蒂娜打断正在没话找话的瓦尔，叫他别再拐弯抹角，直接干他想干的

---

① 指都柏林的三一学院（Trinity College），爱尔兰排名第一的大学。

事。瓦尔不由得握紧了方向盘，咕哝着自己不清楚她到底在说什么。玛蒂娜轻笑一声，干脆地把手伸向瓦尔的裤裆。

从那以后，他们每周不定期幽会一两次，时间大多选在两人同时当班的晚上。考虑到他已年近三十，比她大出十岁，而且暑假一结束她就要返校，再加上事情败露的后果（假如玛蒂娜的父亲听说有人在亵玩他的掌上明珠……），瓦尔建议两人的关系不宜公开。镇上的风言风语对谁也没有好处。

没人会知道，玛蒂娜说。

夜店打烊了，意犹未尽的客人被一一请了出去，瓦尔四处寻找玛蒂娜的身影。大厅里，几个酒吧侍者把高脚凳翻过来放在桌上，但她不在其中。他估计她溜上楼抽烟了。于是他沿楼梯爬上二楼，穿过男女厕所间的过道，推开走廊尽头的消防出口。

玛蒂娜和琼·杜迪正站在俯瞰停车场的小阳台上。琼是个讨人喜欢的胖姑娘，去年圣诞节瓦尔曾和她滚过几次床单。她们背对瓦尔，正在合抽一支烟。浓烈的药草气味告诉瓦尔，她们抽的并非普通香烟。

"嗨。"瓦尔说。

两个女孩惊慌地转过身，玛蒂娜手里的烟卷险些掉在地上。

"我的天，瓦尔。"玛蒂娜说。她噘着嘴唇，吐出一团银色的烟雾。

"希望那是药用的。"瓦尔说着笑起来。然后他看似随意地张开食指和无名指,伸手去接大麻烟卷。这个动作出乎女孩们的意料,也让他自己吃了一惊。

"谢了。"他说。

瓦尔笨拙地夹住那半支烟卷,把它凑到唇边深吸了一口。烟头亮起来,烫着他的指尖,同时烟雾刺痛他的喉咙。

"憋气,憋得越久越好,瓦尔。"琼笑着说。

瓦尔试着默念到十,结果只数到四就忍不住咳出来,呛得眼泪汪汪。他握拳堵住自己的嘴,想要镇定下来。

"不知道你也好这口,瓦尔。"玛蒂娜从他手里接过烟卷。

"你们把我带坏了,姑娘们。"瓦尔不知道玛蒂娜是否知道他和琼也有一腿,但他猜她多半还蒙在鼓里。反正那不过是逢场作戏、各取所需罢了。那段时间琼正跟男朋友闹别扭;和瓦尔胡搞几天之后,她和前男友又复合了。瓦尔有这方面的天赋,总能和睡过的姑娘维持良好的关系。对于生活在格兰贝镇这种小地方的人来说,这是一项必需的技能。他低下头,透过阳台的铁丝网护栏往下看。

"下面什么情况了?"他说。

"最后一拨还在磨蹭。"玛蒂娜说。她向前一步,站在瓦尔身边。

三个人居高临下,看着流连在午夜的最后一群人渐渐散去。姑娘们偎在一起，搓着冻得起了鸡皮疙瘩的胳膊。小伙子们各自站立，胸肌紧绷着，双手握成拳插进兜里，充血的双眼泛着光，直勾勾地望向黑夜深处。其他成对的男女互相搂着，胳膊纠缠在一起，旁若无人地大笑。他们在手机上小心地键入号码。姑娘在出租车门口回头，小伙子趁机索取一个告别的拥吻，顺便再揩点儿油——张开手掌，貌似不经意地拂过姑娘臀部的曲线。有些情侣已经悄然离去，留下他们的朋友自己想办法回家。

"一堆垃圾。"玛蒂娜说。

"也许我该甩了他。"

"你说那个鼓手？"琼说。

"对。是时候让他滚蛋了。"

"就是和你在一起的那个小子。艾登？"

"没错。"玛蒂娜说。

瓦尔笑了笑。玛蒂娜和琼并排躺在一张花格呢毯上，毯子铺在瓦尔的尼桑车前的草地上。瓦尔倚着尼桑的保险杠，尾骨抵住车的前盖。他的胳膊交叉着放在胸前，两手塞在腋下，一副心事重重的样子。此刻他们在穆尔河边，车停在从大路拐下河滩的小路尽头，距河面仅三米之遥，距离"孔雀"也只有四百米。清晨五点刚过。瓦尔锁门前，玛蒂娜发来一条短信。"下班去穆尔河边喝一杯？老地方，十五分钟"。瓦尔率先开车离开；玛蒂娜随后步行前来，外套里藏着一瓶从酒窖里顺来的朗姆酒；琼跟在她的身后。

黑暗渐渐消融在空气中。瓦尔低头注视着两个姑娘——夜色中两团模糊的影子。

"那个白痴干了什么事，让你这么嫌弃？"瓦尔说。

一阵沉默。玛蒂娜模仿受伤的小猫发出一声尖细的叫声。琼的鼻子里一声嗤笑。瓦尔觉察到她们对自己的插话有几分不悦，顿感手足无措。

"他不是白痴，"最后玛蒂娜说，"至少不是百分百的白痴。他人很好，瓦尔，真的很好。五六个月前我们就开始约会了。整个暑假他天天打电话缠着我，求我去找他，或者让他来看我……无论怎样，我都懒得理他。"

"这么说，这小子人很好，只是还不够好，或者好得过了头。"琼自作聪明地评论道。

"我只想对他说：放轻松，兄弟，该见面的时候自然就见面了。明白吗？"玛蒂娜说。

"啊，我就讨厌他那样儿的。"

"我甚至不喜欢他的乐队。他在一个乐队里，我对他们也不感兴趣。"

"谈恋爱这事儿……说白了就像扔骰子。"琼话音未落就大笑起来。瓦尔暗想，她肯定已经猜出了他和玛蒂娜之间的隐情。

"他太容易激动了。他不停地舔我的脖子，像是一条狗。还直喘气。"玛蒂娜伸出舌头，"哈——哈——哈——"

地学起来。琼尖着嗓子大笑。

瓦尔离开尼桑车的前盖,走到水边。每个周六的晚班之后,他总是心绪难平。来自公路的微光洒落在河面,描画出黯黑水流上的无数漩涡。

"真漂亮,不是吗?"玛蒂娜站起身,来到瓦尔身后。她用朗姆酒瓶的瓶口抵住瓦尔的背,顺着脊柱一节节地往下滑。

"什么?"瓦尔说。

"河水。真漂亮。就那么静静地流着,像是某种……受过训练的动物。"

"你生气了?"瓦尔说。

"我以为像你这么聪明的人不用问这种问题。"她说。

"我看不见你的脸。"瓦尔说。

"亲一个,亲一个。"琼平躺在毯子上哼唧着。

"这个地方让我想起了格罗宁根。"玛蒂娜说。

"格罗宁根?"瓦尔说。

"在荷兰。去年暑假我和大学同学去欧洲旅行的时候待过几天。当时我们住在城郊一座大公园里,住的是木屋。那里更像一片森林,林中有个池塘,住着一群天鹅。傍晚我们去采蘑菇,之后坐在池边看天鹅游来游去,一边等'时光老人'经过。"

"'时光老人'?"瓦尔说。

"'时光老人'。"玛蒂娜说,瓦尔从她的声音里听出了

45

笑意。"他是个流浪汉，我猜。他肯定没有家，不过没人知道他住在哪儿。他看上去有两百岁了，长着一蓬乱糟糟的白胡子，一直耷拉到裤裆上。他一天到晚在森林里晃悠，骑着一辆你见过的最古老、噪音最大的自行车。凌晨两点，我们坐在木屋外面看天鹅，不久你就能听见车轮的吱呀声和链条的咣当声。我们会互相推搡着说'时光老人来了'，然后笑得直不起腰。他骑着车呼啸而过，我们高喊着向他挥手。但他从来没有停过车，也没说过一句话，只是瞪大眼睛用他一贯的阴森眼神盯着我们。他有一条狗，一条小得可怜的杰克罗素犬，总是小跑着跟在后面。那条狗的皮带两头都扣在项圈上，它常常自己衔着皮带跟着车跑。"

"真是条聪明的狗，居然会自己遛自己。"瓦尔说。他看见一对汽车头灯逐渐靠近，停在对面的河岸上。那一侧的河岸专门修葺过，有一个装了路灯的停车场、一段栈桥和一个停泊着小船和单桅帆船的木码头。

"你看。"他说。

两个男人从车上下来。他们手里提着鱼竿和鱼钩盒，身穿防水连靴裤——那种挂着肩带、齐胸高的防水裤。两人蹒跚着走下栈桥，笨拙的步态活像套着太空服的宇航员。到了河边，他们检查了一下鱼线，小心翼翼地涉入水中。

"你喜欢这个地方，对吗，瓦尔？你喜欢这里的一切。"玛蒂娜说。

"你好像瞧不起我。"

"完全没有。总得有人留下来看家。"

"你去的地方其实也没多远。"

"戈尔韦确实不远，"玛蒂娜说，"但对于你这样的人来说，那已经是月球了。"

一个渔夫举起鱼竿，熟练地向前甩出。挂着鱼饵的鱼钩没入皮肤般光滑的水面。

八月的尾声就这样过去了。九月的第一个星期六，玛蒂娜翘掉最后一次班，提前回了戈尔韦。她没有留给瓦尔一次安慰性的性爱，甚至连一条告别短信也没有。那是一个忙碌的晚上。瓦尔整晚都在努力让自己别去看死水一般的手机。快到凌晨两点，莫斯在对讲机里报告：舞池出了状况。瓦尔和鲍里斯拨开人群，发现两个小子正在 DJ 台下拼得你死我活。莫斯想把他俩拉开，不料其中高个儿的那个一枪打在他的腰眼上。他弯腰倒地。瓦尔一言不发地走到那小子身后，伸出胳膊卡住他的脖子。那小子往后猛甩胳膊，想要抓瓦尔的脸。瓦尔用前臂卡紧他的喉咙，直到他的双膝瘫软下来。

深夜，瓦尔回了家，脱下衣服准备洗澡。这时他才意识到那小子最终还是得了手。他摸了摸后脑勺。那小子的指甲在他右耳后面的头皮上抓出了一排狭窄的月牙形凹痕。皮破了，但没有流血。洗完澡，瓦尔穿着内裤走进厨房，身后的油毡地板上拖着一行湿漉漉的脚印。他从冰箱深处掏出一瓶啤酒。今夜的满月硕大而明亮，月光透过窗玻璃落在厨房水池上。瓦尔坐在餐桌旁，不知过了多久。终于，他拿起手机。

　　他最终发给玛蒂娜的短信很长，需要分成四条。他知道玛蒂娜多半不会回复，即便回复也只是寥寥数语。但他仍不厌其烦地问她过得怎么样，戈尔韦是否和过去一样充满活力，她是否还想甩了那个鼓手，或是再给他一次机会。瓦尔说自己凌晨四点穿着内裤坐在厨房，没什么特别的，不过是"孔雀"那些屡见不鲜的破事，酒吧里一切如故，看样子也不会有什么改变，无论他们两人之间曾经发生过什么或是没发生什么，他都盼望着下次她从月球归来的时候能够见到她。

假　面

　　巴特宿醉未消。巴特迟到了。在马克索尔①加油站的背后，他用脚后跟把胯下的本田150摩托的支架踩下，任由铬蓝色的车身倒向右侧，重重地压在支架上。巴特下了车，掀起浅黑色护目镜，摘下贴有荧光黄眼镜蛇标志的头盔。一头邋遢的黑色长发垂落下来，一直搭到屁股上。

　　巴特向加油站的洗手间走去。这个洗手间比公用电话亭大不了多少。没有窗，只有一个很小的洗手池、一面开裂的化妆镜、一只孤零零的灯泡，和一个冲水时灵时不灵的无盖马桶。屋里一卷卫生纸也找不到。

　　一只大个儿的棕色长腿蜘蛛正在洗手池里扑腾。巴特看着它在池底慌乱地绕圈，却无法脱困。他本可以轻易将它拍死，却只是轻轻把它拂到池边。

　　巴特在脑后挽起长发，从手腕上褪下一根蓝色皮筋，按照老板邓根的要求扎了个马尾。巴特小心翼翼地整理头发。他的发质粗硬易断，又不常洗澡，发丝纠结成一团

---

① 马克索尔（Maxol）是爱尔兰石油公司。

49

乱麻。

巴特头痛欲裂。昨晚他在自家屋顶上喝了六罐啤酒，现在他几乎夜夜如此。疼痛在大脑深处悸动，像牙疼一样辐射开来，扩散到整个头部。他的眼睛热辣辣的疼——早晨他花了很长时间才戴上隐形眼镜，颤抖的手指把双眼角膜着实蹂躏了一番。类似牙医钻头的嗡嗡声隐约传来，像水流一样灌满他的耳朵。宿醉进一步加重了耳鸣。

他把热水和冷水龙头一并拧开。温度及手感都酷似唾液的水流涌出来。他把水泼在脸上，在镜子里看着水滴像胶水一样顺着下巴滴落。

巴特从来不是个英俊的小伙儿，即便在坦西一脚踢烂他的脸之前也算不上。这一点他心知肚明。他的五官总给人一种圆鼓鼓、疙疙瘩瘩的感觉，怎么看怎么像一碗捣碎的土豆，百分百的其貌不扬。他的眼睛多少还算有些特点，却也没能给这张脸加分；他的睫毛很粗，瞳孔偏紫，长长的眼角处微光闪烁。他的眼神里总透着急迫，似乎有难言之隐。"你看上去总想要什么。"他的老妈从小到大都用这句话逗他。即使到现在，她还会时不时调侃他——"你想要什么，埃蒙？"——这句话往往来得毫无征兆，巴特不过是坐在一旁看电视、给吉他调音，或者为她卷香烟。

"没什么。"巴特会咕哝着回答。

"你真是爱咕哝，埃蒙，"老妈会埋怨，她还会补上一句，"你总是这副样子。"意思是这件事并不全赖当初踹在

50

他脸上的那一脚。

端在脸上的那一脚。那宾·坦西，愿他碎尸万段①。芒罗薯条店。一晃已匆匆数年。

巴特用手指戳了一下自己的脸，又使劲揾了揾。只要他张大嘴，下巴依然会发出咯噔的响声。

先后六次手术，百分之九十二的关节恢复正常。外科手术几乎抹去了全部的面部疤痕，只在左脸留下几处细微的白色凹陷，以及左嘴角向下的弯曲。那处弯曲很轻微，却十分显眼，仿佛用镊子夹着嘴角往外拧了一下。这一错位让他总显得有点儿呆头呆脑。掩藏在皮肤下的损伤却无法抹去。巴特可以感觉到那些僵硬的面部肌肉和凝固的组织。它们已经丧失触感，神经彻底报废。

巴特被叫作"巴特②"已经很多年了，这个绰号来自他的姓——巴蒂甘，不过自从他的嘴被一脚踢歪以后，几个自作聪明的家伙开始喊他"斯莱"，借斯莱·史泰龙的歪嘴开他的玩笑。所幸"斯莱"这个绰号并没喊响，因为"巴特"在小镇居民的心里早已根深蒂固。

除了老妈，再没人叫他埃蒙。

巴特又用水抹了一把脸，然后拍拍脸颊，让血液活络起来。每天早晨他的头都沉得像铅，虽说晚上的啤酒没什

① 原文为"may he rest in pieces"，是"may he rest in peace"（愿他安息）的谐音。
② 这个绰号的英文为"Bat"，有蝙蝠、球棒的意思，因此颇有戏谑的成分。

51

么好处，但即使不喝酒，头疼也如约而至。更要命的是他的偏头痛，虽不常发作，一旦发作起来便难以招架。他会连续两天疼得睁不开眼，最厉害的时候他会躺在卧室的地板上不住地呻吟，即使眼窝塞上厚厚的湿毛巾也收效甚微。

医生坚持说，他的头疼与老伤无关，但巴特知道那一脚难逃干系。

他走出洗手间，掏出钥匙打开服务区的门，进入员工休息室。他把头盔丢在沙发上，脱下贴身的皮夹克，浓烈的汗臭让他有些难堪。

他在桌上的一排小东西中发现了一支女用滚珠式除臭剂，肯定是泰恩的。他拿起除臭剂，先后探进加油站工作服的两只袖子，用这种薄荷味的玩意儿匆匆涂抹腋窝。他把除臭剂放回原处，发现滚珠上沾了一根卷曲的黑毛。他把它拈起来，弹到地上。

在服务区里，店长邓根正守在收银台前。

邓根很老。五十多，或者六十多，反正也没什么区别。他是加油站唯一的成年人和老板，剩下的都是游手好闲的年轻人。

"巴特。"邓根说。

"干吗？"

"把你的手表戴上。再把长针调快十五分钟。就这样。你这辈子或许能有一次准时上班。"

邓根趴在柜台上，酷似一具刚从坟墓里爬出来的僵尸。

他的皮肤松弛而苍白，那些蕴含生命活力的色泽已离他而去，稀疏的花白头发一丝不苟地梳成垄沟模样，仿佛出自入殓师之手。他戴着茶色眼镜，让人看不清他的眼睛。但你能看出邓根还活着，因为他总在吸鼻子、打喷嚏，小病不断。每到换季，头疼、支气管哮喘、皮炎就会扰得他不得安生。

"有什么要做的?"巴特叹了口气。

邓根从眼镜上沿盯着巴特。他的一只眼睛里布满了血丝，仿佛眼球的血管刚被引爆。

"袖子。袖子，巴特。我说过袖子要怎么样?"他朝巴特的胳膊点了点头，"文身不能露出来，小子。记住，以后要穿纯黑或者纯白的打底衫。"

"但每个人都知道我的样子。"巴特说。

"职业准则容不得你讨价还价，"邓根终止了这个话题，"听着。后面有六个货盘的货品要上架，然后去把烤肉架刷干净。我们现在要做的，就是让你尽量少在店里露面。"

第一次休息，十分钟。巴特第一个来到休息区。他把沾满鸡油的菊花牌手套摘下来。休息区是一片三面围起来的水泥地，布置成野餐区的模样。设计者的初衷是为疲劳的司机提供一个吃饭休整的地方，但在巴特看来，这更像是对田园风光的拙劣模仿。休息区里摆了几排木头桌椅，全用铆钉固定在地上。桌椅上涂了漆，凑近一点能看到刻在上面的脏话。旁边有一个铝条圈起来的儿童游乐区，早已废弃不用。地面与墙的缝隙间生出一蓬蓬凌乱的野草，如今都已枯黄。墙上画了一幅画，主角是三只穿马甲、戴尖帽子的卡通兔子；背景是一片草地，其间点缀着蓝色、红色和黄色的圆形小花。那个业余的画师没能把兔子的眼珠画正，导致三只兔子都罹患不同程度的对眼。

巴特蹲在一只空废料桶的塑料盖上，一边大口喝可乐，一边盯着那几只兔子。你看得越久，就越觉得它们神情诡谲。

泰恩·穆南和罗布·赫加迪（绰号"赫格"）也先后来到休息区。泰恩十五岁，赫加迪十八岁。

两人都是暑假打工的学生，也都快返校了。赫加迪在都柏林一所大学攻读计算机，开学上大二；泰恩在本地教会学校上初中，开学将升入毕业班。

赫加迪吹着欢快的口哨，猫着腰出了门，跑进早晨清新的空气里。他朝巴特得意一笑，从胸口倏地抽出一支白色细棍，在空中煞有介事地画了一个领结，这才递了过来。原来是一支卷得上好的大麻。

"可以啊。"巴特轻声笑道。

"早晨混过去，一天也就差不多了。"赫加迪说。

泰恩白了他一眼。

"放轻松，泰恩。"巴特说。

泰恩哼了一声，没搭理他。她目不转睛地看着赫加迪

54

把烟卷夹在唇间，用打火机点燃，然后像鱼一样缩着腮帮子猛吸了一口。烟头颤抖着划下一道紫色的烟迹。

"前面的事多吗？"巴特问。泰恩和赫格在加油站的停车区工作。

"还行。"赫加迪说，一边把烟卷递过来。赫加迪比巴特高出三十公分；他的母亲有一半伊比利亚 ① 血统，因此他也继承了橄榄油色泽的漂亮皮肤；他拥有运动员一样的矫健身材和健美肌肉，不过他本人对运动并不热衷；他还长了一头漂亮的黑色鬈发，就像黑人小伙儿那样儿。他是巴特见过的最放松的年轻人，从不为任何事着急上火。

泰恩背着身跳上废料桶，慢慢挪到巴特身边。她捡起一只他脱下的手套，套在自己的手上。然后她用胳膊肘捅了一下巴特，朝烟卷点了点头。

"递一下。"她说。

巴特用大人教训小孩的眼光狠狠瞪了她一眼。

"你会发育不良的，小姐。"

"你要听老人的话。"赫加迪说。

泰恩白了他一眼，哼了一声，毫不退让。她拨开前额漂染成金黄的长发。发根已经长出来了，黑得像炭一样。巴特把烟卷递给她，她用戴着黄色手套的手接过来。刚吸了一小口，她就剧烈咳嗽起来。赫加迪乐得眼珠都快蹦出

---

① 位于欧洲西南角，东部、东南部临地中海，西边是大西洋，北临比斯开湾。包括西班牙、葡萄牙、安道尔和英属直布罗陀。

来了。他的嘴噘成"O"形,似乎随时会放声大笑。他凑过来,在泰恩面前展示他的表情。她抬起运动鞋照他的胯下就是一脚。赫加迪匆忙往后一跳,堪堪躲过。

"自己的屎自己铲,穆南。"赫加迪用美军教官的口气吼道。

"老娘搞得定,白痴。"泰恩说。她用手托着喉咙,咳了几声清清嗓子。平静下来之后,她漫不经心地挤起下巴上的一颗红色青春痘。

巴特瞧了瞧泰恩,又瞧了瞧赫格。过去三个月里,巴特看着这两个年轻人时而彬彬有礼,时而吵吵闹闹,偶尔冲突还会升级,但就在三周以前,他们对话的语气忽然变了。接连好几天,两人在一起时很拘谨,甚至有些尴尬。现在一切都松弛下来,多少回到了原先的节奏,但他们相处时多了一份焦躁,一份紧张,这是之前没有的。巴特有些担心。虽然巴特喜欢赫加迪,但他几乎可以肯定这个小子对那姑娘做了什么,而且他可能还没停手。正因为他喜欢赫加迪,他没有逼问事情的真相,免得发现赫加迪的所作所为已在法律上接近或者构成了强奸。(他忐忑不安地钻进小镇的图书馆,弓着身子坐在电脑前,确定左右无人,才在谷歌上找出相关的法律条文——假如他担心的事确实发生了,那就是强奸。)

"你哪天走?"巴特问。

"下周日,"赫加迪说,"下下周就开学了。这周五我会

56

去'黄肚皮'喝上两杯告别酒。别说你不去啊，巴特。"

"这周五?"巴特说。

"这周五。"

这个邀请来得太过突然，巴特的脑子还来不及反应。宿醉未消，再加上烟卷带来的飘飘然感觉，一时间他竟找不出拒绝的理由。巴特早已不在镇上抛头露面，至少不会专程参加聚会。他不想如此直白地告诉赫加迪，但后者应该多少有些感觉。

"到时候再说吧。"巴特说。

泰恩盯着巴特靠她那一侧的手臂。

"这位是老大。"她用裹着黄手套的手指戳了一下巴特臂弯处的海妖文身。那是一只乌贼形状的绿色怪物，正从翻涌着泡沫的蓝色海面上冒出来；怪物的触角缠绕着一艘古代航船的桅杆和船帆，眼看就要将它撕成碎片。

"老大。"巴特说。

"没错。"泰恩说。她在他的臂弯里画了一个圈。巴特感觉到她的手指在自己的皮肤上轻轻掐了一下。

"哎哟。"

"你的静脉真牛逼，巴特，"她一边说，一边伸出自己的手臂作为对比，"又粗又硬，跟电缆似的。我的静脉你基本上看不见。"

巴特犹豫了一下，还是低头看了一眼。泰恩手臂上纤细的汗毛在朝阳下闪着光。她的皮肤光滑、白皙。泰恩说得没错，她的静脉几乎看不出来，只有仔细观察才能在紧实的雪白肌肤下看出隐约的蓝色脉络。她的袖口散发出淡淡的薄荷香气。巴特假装什么也没闻到。

"为什么？"巴特说。

"泰恩肯定有情况了。"赫格怪笑道。

泰恩没理他。

"你看。静脉要么蓝色，要么绿色。但血是红色的。为什么？"她说。

巴特想了想。"多半是血管的颜色吧。血管是蓝色的，血管里的血是红色的。"

"血不是红色的，"泰恩说，"血遇到空气才会变红。氧化了。你知道血原来的颜色吗？"

巴特耸耸肩。"那我只能瞎猜了，泰恩。"

"蝙蝠①的血只有一种颜色。"赫格用电影预告片风格的低沉噪音说。

巴特扭头看了赫格一眼，又回过头看着泰恩。

"暗夜之黑。"泰恩也学着电影预告片的口吻低吼道。

赫格抽完最后一口烟，把烟头丢在地上，用脚扫进下水道隔板的缝隙里，以免留下蛛丝马迹。虽说邓根那个"病恹恹的傻逼"（泰恩背地里这么叫他）绝对没有顺藤摸瓜的本事，但还是小心为上。巴特赞许地点了点头。赫格

---

① 蝙蝠（bat）与"巴特"是同一个词。

是个小心的家伙。或许他并没有对泰恩做什么。

"我们回去吧。"赫格对泰恩说。

"我靠。"她咕哝着从废料桶上跳下来。她走在前面，赫格跟在她身后。进屋前，他回头看着巴特。

"不行，你一定得来。你不来就没意思了。"

晚饭是水煮土豆、豆子和解冻的鱼。巴特把自己的盘子放在厨房的餐具柜上，一阵狼吞虎咽。对面两个呆头呆脑的男孩目不转睛地盯着他。他们并排坐在后门边上，巴特的老妈站在他们面前，正挥舞着电动剃刀和梳子。老妈业余时间在家给人理发，顾客多是亲戚家的小孩。

今晚这两位顾客的眼间距很宽，嘴往前突出，一副委屈的样子——这些特征都来自米利翁家族的基因。米利翁家是巴特已故父亲的远亲，其家族成员在本地臭名昭著。他们从不把法律放在眼里，一遇到邻里纠纷就挖空心思占人便宜。一群坏种。不过巴特疑心老妈反倒以这层亲戚关系为荣。

老妈并非剪完一个头再剪另一个，而是交替着剪，两边步调一致。她先剪好一个孩子的左半边脑瓜，然后剪另一个孩子的左半边脑瓜，接下来是右边／右边，头顶／头顶，最后是后脑勺／后脑勺。孩子们的肩膀上铺着厨房的毛巾，黄褐色的碎发落了一地，在椅子腿周围形成一圈护城河。后门敞开着，老妈一边抽烟一边理发。穿堂风把烟雾从孩子的身边吹走，融进门外的暮色中。

巴特吃饭的时候，他头顶上方的壁挂式电视正在播出澳大利亚电视剧《聚散离合》，但孩子们的目光始终没离开巴特。他的长发让两个小孩感到困惑，他们以为只有女人才留长发（而且镇上没有哪个女人的头发比巴特更长）。同时，他也知道他们或许在注意他咀嚼时下颌上的古怪突起。

一个男孩慢慢抬起一只手，把食指伸进鼻孔掏起来。这个动作多少影响到他的坐姿。

"别动，"巴特说，"否则她会把你的耳垂剪下来。"为了渲染气氛，他拧了一下自己的耳垂。"她在楼上有一条耳垂穿成的项链，全都是不规矩的小孩的耳垂。"

男孩停下手上的动作，但手指还留在鼻孔里。他的眼睛睁得圆圆的。

"骗人。"另一个男孩愤愤不平地反驳。

"全都闭嘴。"老妈说。不过她显然不会否认巴特的说法。

"你叫什么？"巴特问开口说话的男孩。

"特雷弗。"

巴特依稀记起多年前自己缺席的一次双胞胎洗礼。"那么你身边这个在脸上挖坑的小子就是乔乔了。"

"对。"特雷弗说。

"你妈去哪儿了，特雷弗？"巴特问。

"酒吧。"乔乔说。

"她是不是想去给你们找个弟弟或者妹妹?"巴特说,然后坏笑着看了老妈一眼。两个孩子一脸迷惑。

"迪尔巴拉呀。"老妈叹了口气。"愿主保佑并拯救我们。不过你说的多半没错,埃蒙。低头。"她吼道。米利翁家的双胞胎如镜像一般同时低头,下巴紧贴在胸前。

巴特笑了。他们这家人可以很强悍,也可以很粗鲁,但无论老幼,绝不容许懈怠。老妈只会愈老弥坚。

在爬上屋顶畅饮睡前酒之前,巴特跨上摩托出了门。夜幕下的狂飙,直抵旷野深处。这辆本田虽比不上马力十足的赛车,但当巴特看着颠簸的碎石路在车灯孤悬的光柱下风驰电掣时,他感觉自身的速度已经脱离了肉体的存在;当他俯身切入弯道或是漂移过弯时,他也化身为一道弧线。身旁的广袤土地上悬浮着一种擦得出火花的寂静,它弥漫在草地、树林和山丘上,无所不在。巴特听得见它的呢喃。那声音越来越高,越来越高,直至淹没了引擎的轰鸣。

等到他怀抱六罐啤酒、跳着穿越屋顶遍覆青苔的沥青瓦板时,他的神经依然迸发出火星。巴特背靠烟囱,一罐接一罐地喝酒,直到夜凉如水,寒气如刀。那时,他才会从屋顶下来,跳进卧室漆黑的窗口。

一个星期不知不觉过去了。周五晚上,小镇中心。巴特穿了一身皮衣,出门前专门灌了两罐啤酒壮胆。距离他

61

上次出门已经很久了。他把本田车停在爱尔兰联合银行旁边的巷子里。"黄肚皮"酒吧的入口晃动着几个人影。是出来抽烟的。巴特低头走过去。

"妈的,巴蒂甘。巴特。"一个声音惊讶地说。

"哟,巴特。"另一个人说。

"小伙子们。"巴特说。这两个小伙子比巴特小几岁,他们的哥哥姐姐和巴特同龄。其中一个是康纳利家的,脸上的雀斑活像打翻的肉酱;另一个矮胖身材、红头发,一看就是杜菲家的。

"你是杜菲家的谁?"巴特问。

"杰米。"那小子说。

"迈克尔和我同班,"巴特说,"我们都叫他'炭烧丸子'。"

康纳利的口中爆发出一阵大笑。"我们也这么叫这个傻叉。"

"他们都说,红头发的基因就快消失了。"巴特幽幽地对杜菲说。

杜菲抱着自己的肩膀看了康纳利一眼。两人交换了一个眼神。

"到底是什么风把你吹来的,巴特?"康纳利问。

"罗布·赫加迪该死的返校聚会。"

"那帮有脑子的家伙要回到有脑子的世界了。"康纳利叹了口气,"又到每年的这个时候了,我猜。"

"我们这帮傻逼只能烂在这个泥坑里。"达菲愤愤地说。

"行了。"巴特结束了这段对话。进了门，他迈上两级狭窄的台阶，进入酒吧温暖的中心区域。长方形的大厅里，半熟的面孔在五光十色的空间涌动。有些面孔看着他，有些无动于衷。

巴特想：既然我是为了赫格他妈的聚会来的，我就得找到他。

赫格坐在靠里的吧台的最远端，身边聚满了人。

"巴特！老天，够哥们！"赫格喊道。他的同伴都转过头看着巴特。五六个年纪和赫格相仿的小伙子，再加上同样数量的姑娘。一个黑头发的姑娘站在赫格身旁。她的颧骨很高，一副怒气冲冲的模样，举止中透出公主般的傲慢，鼻尖也翘得老高。她瞳孔里的光只是微微闪动，用监控摄像头一样的冰冷眼神盯着巴特。巴特低头看着地面。他想伏在她的脚下，为自己的丑陋忏悔。

"喝酒吗？"巴特高声问，希望赫格能听到。

"过来……兄弟们，你们知道这人有多牛逼吗？"赫格把胳膊重重地搭在巴特的肩膀上。赫格已经喝了好几杯，眼神有几分恍惚，眼皮像糖浆一样往下垂。

"看看看，看看看，蝙蝠侠！！！"赫格大吼。巴特眯了一下眼，把赫格死沉的胳膊从肩上抖下来。

"来一杯，赫格？"他说。

巴特斜穿过人群，沿着锃亮的吧台往前走，仿佛一个险些淹死的人一步步爬上海滩。最后他用双手紧抓住吧台。他点了两杯啤酒——一杯给自己，一杯给赫格。他端起自己那杯一饮而尽，把空杯子砰的一声放回吧台，眼球后面涌起一阵火烧般的眩晕。他的眼前金星直冒，一波恶心的感觉从脸一直蔓延到小腹。巴特又点了一杯。

他转过身，一个酷似泰恩的女孩正对着他。

那就是泰恩。她的脸上化了妆，身上穿着连衣裙。巴特惊得眼珠差点儿掉下来。他迅速从左到右扫了一眼，把她的诸多变化一一看在眼里，这才镇定下来。泰恩的裙子是那种闪闪发光的银红色料子，胸前开了叉，露出前胸。裙摆只到她的大腿中部，腿上没穿丝袜。巴特从未见过泰恩的腿。她的膝盖酷似教科书上那种平淡无奇的膝盖——没有棱角、圆润、红得像烫伤了一样，似乎在众目睽睽之下羞红了脸。

巴特抓紧吧台，强迫自己看着女孩的眼睛。

"我知道，我知道。"泰恩有些懊恼地说。她的脸涨得通红。

她的腋下夹着一个银纸包着的小包裹。

"给他的礼物？"巴特说。

泰恩把包裹拿起来，夹在虎口间慢慢转动，像是在安检。

"我是不是穿得有点儿夸张？"

"哪儿夸张了？"

"就是有点儿……"她扫视了一下围在赫格身边的人，"他身边那个女的是谁?"

"不认识。"巴特说，"他妹妹?"

"那才不是他妹妹。你跟我开玩笑吗? 我见过他妹妹，她在伦敦当实习兽医。那才不是他妹妹。"

包裹在泰恩的手里蜷成了 U 形。依据它的尺寸，巴特判断那是一本书。巴特不是个读书人。他的视力一直很差，这也是绰号"蝙蝠"的来由之一。现在他戴隐形眼镜，但小时候他被近视折磨了很多年，甚至误以为书本上的字在所有人眼里都同样模糊不清。你必须从书上的一团乱麻中理出头绪，这简直和课堂作业层出不穷的刁难手段相得益彰。老师一直认为他很蠢——巴特也确实很蠢——直到同学因为他把脸凑到书上而为他取了"闻豪"的绰号时，他才感到有点儿不对劲。

"你送他什么?"巴特想问问书名。

"还有别人送他礼物吗?"她依然伸长脖子望着那群人。

"除了这杯酒，我什么也没送，"巴特说，"我也可以给你买一杯，不过你年纪太小了。"

泰恩转过头看着巴特，动作缓慢而坚决。她一手握拳，抵在腰间。"看在老天的分上，给我弄一杯酸橙伏特加，巴特。"

"稍等。"他喃喃道。他两只手各端着一杯满满的啤酒，再次低头挤入人群。

四十分钟之内，聚会那帮人又点了一轮酒，而巴特喝了三杯。泰恩隔了几个人坐在他的左边，正和一个穿黑衣的胖男生聊天。那个男生反复将眼镜腿从耳朵上摘下又挂上。这群人大多是外地人——赫格的大学同学，专门过来度周末的。黑发美人依然一声不吭，活像一幅全息图。她应该是和他们一起来的，不过她对别人爱搭不理，别人对她也不理不睬，即便赫格也不例外。似乎她愿意屈尊站在他身边就是她与他们之间唯一的联系。至于巴特，大多数时候他也一言不发，只有当旁人讲述的故事峰回路转、达到高潮时，他才会适时地叹息或者干涩地吹声口哨。他们谈论的都是大学里的事，要不就是宿舍生活，话题不外乎朋友圈的笑话和各种揶揄暗讽。站在他们当中，巴特觉得自己很蠢，仿佛一个用康诺特郡路边的潮湿土块削成的矮胖玩偶，巨大又笨重。他的下巴抽动着疼——痛感源自嵌在下颌里的假牙。

　　赫格已经醉了，恍惚的神情介于洋洋自得和脑震荡之间。"全息图"忽然变回了血肉之躯——只见这位高个儿美女扑到赫格身上，用最疯狂露骨的方式亲吻他。他在她的怀里左右扭动。一个长着"天包地"嘴唇的姑娘像驴子一样高声大笑。巴特默默挤出人群，朝洗手间走去。他感到后颈一激灵——谁的目光，仿佛轻轻呵了口气。他转过身，看见泰恩阴沉着脸，快步跟了上来。

礼物还在她手上，不过已经塞进了提包。

"我觉得自己像个傻逼。"她说。

"别难过，"巴特说，"赫格把我们所有人都像白痴一样晾在这儿。"

一只手搭在了巴特的肩膀上。他本能地往前一缩。

"我靠，兄弟，最近怎么样？"

巴特的手不由得抓紧，仿佛握住一杯看不见的啤酒。他咽了一下口水。谢天谢地，原来只是卢克·米利翁。卢克是米利翁这支亲戚里较为随和的一个。卢克总喜欢和巴特混在一起，巴特脸上挨那一脚的时候他也在场。

"嗨，卢克。"

"好久不见，兄弟。"

"是啊。"

"这是谁？"米利翁看着泰恩，嘴角露出一丝坏笑。

"我的同事。泰恩。这是卢克。"

"你还在马克索尔混呢？"

"总得养活自己。"巴特说。

"那倒是。"米利翁从牙缝里挤出这几个字。他往后捋了捋乌黑的发梢，露出一个美人尖。米利翁家的人大多矮小敦实，卢克却是个瘦高个儿，还长了一对清澈的灰眼睛。之前巴特听说他四处登山，还有人愿意赞助他去爬乞力马扎罗山，不过最终未能成行。在那之前卢克住在一辆房车里，车停在家族农场最偏僻的角落。他找了个捷克斯洛伐克女友，两人偷偷生了个孩子，但是一天早晨他们醒来时发现孩子死了。

"这段时间忙什么呢？"

米利翁眉毛一扬。"到处打杂呗。"

"米利翁家的传统。"巴特说。这句话传回他的耳边，像极了老妈的口气。

"这家伙，"卢克对泰恩说，"你知道他的脸怎么搞成现在这样的吗？"

泰恩扭头看着巴特。

巴特不知她是否从这张脸上读出了他的整个悲剧。

"不知道。"她快活地回答。她浓妆艳抹的脸比平常任何时候更像个孩子。

"好吧，"卢克说，"你还太年轻。"

"我去趟厕所。"巴特说。他的喉咙一阵发紧，仿佛咽下了一枚李子核。

恶心的感觉沿着消化道下行，在肚子里一阵翻腾。他的嘴里唾液直冒，透出一股血腥气。他用袖子擦了擦嘴。头很痛——他的头总是很痛。头痛会渐渐褪去，留下隐隐的痛，却从不会彻底消失。

喝酒是没用的，巴特想，但它又是有用的。

他推开厕所隔间的门，呕吐的冲动近在咫尺。他在背后摸索着把门锁上。一波排山倒海的干呕让他痛苦地弯下了腰，嘴里涌出来自腹腔深处的震颤，伴着一小股灼热的胆汁。巴特不住地干呕，直到唇边积聚成团的黏液落进马桶张大的口中。

在这个小小的隔间里，梦境中的片段倏忽而至，飘浮在半空。巴特的直觉告诉他：这是一个曾经反复出现的梦，尽管此刻他第一次清醒地与它对峙。梦中的片段很简单，像从电影里随手剪出的一段残缺画面：巴特还是巴特，只是身体变样了。一具酷似邓根的身躯，瘦骨嶙峋、罗圈腿，或许比他更老，也可能更年轻，但无疑更虚弱，更脆弱。而他——梦中的巴特——正在漫无目的地行走，他所在的地方只可能是这座小镇。面前有一条街，一条无法辨认的水泥路，两侧伫立着千篇一律的房屋。他穿着一套"芥末籽黄"的西装——在梦中他的母亲这样形容这身衣服。西装并不合身，大了好几个号，蓬松的布料在他的胳膊和腿上鼓起又落下，活像一出滑稽剧。巴特在这个梦里做的全部事情就是走来走去，不断地哭泣，而他身后某处——他无法准确判断——老妈的声音始终萦绕，仿佛一朵索命的乌云。她一遍遍地呼喊：该换药了，该换药了。

这该死的梦他已经做了多久？他问自己。

他的思绪回到脸上挨那一脚的晚上。巴特最后的记忆停留在自己摇摆着走进芒罗薯条店的那一刻——当时他饿得肚子咕咕直叫，低头戴着耳机，音乐震耳欲聋；他往下翻歌单，想看看下一首歌是什么。醒来的时候他已经躺在

69

医院里。肇事者是一个身高只有一米六的刺儿头，名叫那宾·坦西。当时卢克·米利翁也在现场，目睹了整个经过。

泰恩还在外面。她坐在吧台边的高脚凳上，等着巴特回去。巴特痛苦地闭上双眼。

这该死的梦我已经做了多久？

泰恩坐在高脚凳上。蹭酒老手米利翁已经骗她为自己买了一杯酒——这是她有生以来第一次在酒吧点酒。她抬手点酒的时候，酒吧侍者都没有看她第二眼。这让泰恩感到一丝可悲的骄傲。她已经在喝第四杯酸橙伏特加，兜里一分钱也不剩。酸橙被冰冷剔透的白酒激出浓烈的酸味，瞬间充斥着她的鼻腔。她看着米利翁——后者摆弄着面前的高脚凳，用手掌摩挲座位的边沿，似乎在寻找最佳的位置。最终他双手撑着坐了上去。他看着她，终于开口了。

"那是一个周六的凌晨，肯定过了四点。芒罗薯条店是少有的开到那么晚的餐馆，所以店里人很多。当时我在柜台前面排队，之前喝的酒已经开始上头了。我点了烤肉和炸牛肉饼。那宾·坦西跳上一个小桌，开始一段傻逼个人秀。坦西是个小矮个儿，但他很结实，身材像个天天打激素的赛马手。他跟其他人一样喝得烂醉，一副蓬头垢面的野人模样，衬衣松垮垮地挂在身上，扣子全扯掉了。他猛

地来了几下吉格舞步 ①，脚上的马丁靴把塑料台面划得一道
道的。他那伙人围成一圈，大约有五六个，都是大块头大
嗓门的混混。那个土耳其店员躲在柜台后面一声不吭，只
有经理老萨利姆叫坦西赶紧滚下来，否则就报警。坦西自
打十七岁就秃顶了，这对一个矮子来说简直是雪上加霜。
当时他正在兴头上，脸涨得通红，头上青筋毕露，汗珠像
瀑布一样滴下来，伴随着他的舞步在日光灯下闪闪发光。
只有零星的喝彩声。观众都有些紧张，希望他赶紧停下来。
没想到坦西又操练起空手道，对着空气踢腿、劈掌，又引
来一波喝彩。对于这么粗野的人来说，他的动作还算有模
有样。然后他停下来，下巴上挂着一条黏糊糊的口水。他
擦掉口水，对他那伙人说：'我的下一个目标是人头，下一
个走进那扇门的傻逼的人头。'他指了指两米开外的餐厅大
门。坦西夸下的海口又引来一波喝彩，但这次叫好的只有
他的同伴。之后再没有人吭声。接下来有那么一小段时间，
大概三十秒钟，餐厅里鸦雀无声，连坦西自己也有点儿泄
气。他蹲下来，和一个同伴小声说笑。忽然门上的铃铛响
了，每个人都知道有人走进来，然后我看见醒目的黑头发、
皮夹克，还有巴特那双旧跑鞋。当时我一句话也来不及说。
况且我压根不相信坦西真的会说到做到。无非几句大话，
说过就忘了——至少当时我是这么想的。铃响了，巴特走

---

① 一种活泼欢快的乡村舞蹈，起源于 16 世纪的英国。

71

进来，浑然不知他就是命运挑选出的'下一个傻逼'。坦西没有一秒钟迟疑，甚至还没看清进来的是谁，就跳了起来。那家伙还真是了得，腿直得像根棍，拽着他的身体飞出去，越过两米的距离，不偏不倚地端在巴特的侧脸上。你从来不会那么清晰地看见一个人下巴上的关节。巴特像个玩偶一样飞出去。他的身体转着圈，四肢摇摆着。他撞在墙上，落地，弹起来，再倒在地上，缩成一团。而坦西——坦西稳稳地落地。几个小伙子惊叫了一声，此外再没有任何声音，除了坦西自己的呼吸声。他两眼发亮，被自己的完美一踢震惊了。全场只听见他粗重的呼吸。巴特脸朝下趴在血泊里，头发乱成一团。肯定每个在场的傻逼都以为他死了。我也不例外。"

"那宾·坦西，"泰恩说，"这人我不认识。"

"你不可能认识他。"米利翁说。他盯着自己的指甲。"他已经死了。死了三年了。"

"怎么死的？"

"他把一根绳子挂在自家的牛棚横梁上，然后……"米利翁把脚从地上抬起来，搭在高脚凳最低一级横杠上，然后身体前倾，直到凳子失去平衡。他往前一蹦，双脚落地，转身接住即将倒地的凳子。

"天啊。"泰恩说。她把银色的包裹平放在吧台上，慢慢撕起包装纸上的透明胶带。

"不，不，"米利翁摆摆手，"你不必可怜他。坦西——

他是那种一无是处的家伙。就是个操蛋的疯子。多疑，又狡诈，完全无法控制自己的脾气。你只要碰他一根汗毛，他就会把你一顿暴揍——我说的是你。他孩子的母亲无论如何也不让他见到那个婴儿——他把她打得皮开肉绽，还把一个瓶子砸碎在她的头上。他是那种无法忍受自己的人，他也无法忍受我们所有人。"

泰恩喝了一小口酸橙伏特加。

"有点儿伤感？"卢克·米利翁说。

泰恩抿着嘴唇，摇了摇头。

"巴特没找他算账？"

"他妈想找那小子算账，米利翁家的一半人都想要了他的命，就差巴特一句话。但是巴特一个字也没说，甚至没有控告他。坦西是那种隔两天就要进一次法院的人，多一宗指控对他来说无关痛痒。双方算是达成了庭外和解——坦西家承担巴特的整容手术费。巴特跟他算的账就到此为止。你是他的朋友，对吧？"

"是的。"泰恩说。

"所以你了解他。小时候我经常欺负他。每个人都欺负他。如果一定要找个原因的话，我会说他就是那种找揍的类型，或者说他不知道怎样才能不挨揍。你扇他九个耳光，他还会自己回来挨第十下。"

他们陷入了沉默。原本面对吧台的卢克转过身，斜眼打量起泰恩。

"你多大了？"卢克说。

"十八。"

"你和巴特在一起？"他说，一只手比了个下流的手势。

泰恩的脸红了。"不……不是你想的那样。"

"太好了，"卢克拖长了声音说，"我们可以找个地方，让你在我的脸上待一个钟头？"

"你他妈说什么！"泰恩不假思索地回答，然后放声大笑。

米利翁咯咯笑了起来。

"只是一个小建议。"他故作轻松地耸了耸肩。

泰恩看了一眼赫格身边那帮人。黑发美人已经以令人作呕的娇羞姿势倒在赫格的怀里，而赫格脸上那副表情，俨然世界上最洋洋得意的蠢货。

"所以是那小子，对吗？"米利翁说。

"什么？"泰恩说。

"那个身上趴了个妞儿的鬈毛娘炮。你闷闷不乐就是因为他。我看得出来。"

他的手落在她大腿的肌肤上，钻进裙边往上爬。

"心情不佳，就当逢场作戏吧。"他说。

巴特拖着沉重的脚步走出洗手间，他的眼前是这番景象：米利翁趴在泰恩身上，嘴贴着嘴；泰恩的双肩随着米利翁手上的激情动作起落，她的回应却显得机械而勉强。

像是被胁迫的，巴特悲哀地想，却又带着一丝自我催眠的满足。今晚是个错误，一个巨大的错误，眼下这一幕具有犯罪性质的色情表演是再合适不过的缩影。巴特的两只大手耷拉在身体两侧，无力地摆动。

临别的话浮现在他的脑海。

他可以说：再见，赫格，我没什么可谢你的，希望你和你的傻逼同学一醉方休。

他可以说：何必呢，泰恩，何必把自己搞得可怜兮兮，你不至于沦落至此，你比赫格聪明多了。

当然，他最终一句话也没说。他的下巴抽动着。抽动，却没有一丝感觉。他只想再喝一杯酒。他可以回家再喝。

巴特低下头，长发如屏风一般将他包裹，也将人类隔绝在人类的世界里。

在停车的小巷里，巴特用手摸了摸头盔内侧，确保没有小孩在里面撒尿或者粘上口香糖。头盔内侧的泡沫垫像卡钳一样紧扣在头上，让他很不舒服。引擎发动之后，巴特聆听了片刻。引擎的轰鸣与回响交织在一处，如海浪般碎落在小巷的窄墙上。

回家路上，他呼啸着经过马克索尔加油站。不知为何他绕着加油站转了一圈。他放慢速度，在屋后停下车。月光朦胧，明暗不定。即使凭借他糟糕的视力，他依然可以分辨出壁画上的三只兔子。他想起它们诡异目光中充满魔性的冷漠。一想到它们夜复一夜地凝视着这片清冷空旷的场地，他莫名地心神不宁。

巴特发现自己正在反复默念泰恩的名字。

进了家门，他看见老妈坐在昏暗的客厅里，只有电视屏幕亮着。她仰着头，半梦半醒，脸就像涂了油膏的死人的面孔。她面带忧虑，身上的羊毛毯一直拉到了喉咙处。

"你一进门我就闻到了。"她说。

"谢了，妈。"巴特说。他走进厨房，从冰箱里抽出一提六罐装的啤酒。

他打开一罐啤酒，一口气喝下去。巴特听见房子角落里持续不断的嘎吱声，仿佛一块浮冰在慢慢融化。冷风从几处缝隙钻进屋里，在厨房里汇成一股，呼呼地从巴特耳畔掠过。他听见老鼠躁动不安的脚步声，在墙里、在水管下……

"镇上怎么样？"老妈问。

"还行。"巴特懒洋洋地回答。

"我猜也是。"她说，"你见到谁了？"

"卢克·米利翁。两个同事。赫加迪·穆南家的姑娘。还看见了彼得·康纳利的小儿子，还有杰米·达菲。"

"看样子这帮人全出来了。"

巴特没有接话。于是她问："你还行吗？"

"活着回来了。"巴特说。

嘶——他又开了一罐啤酒。老妈在座椅上挪动了一下。

她听着儿子上楼的沉重脚步声，楼梯在他的脚下嘎吱作响，然后是客厅天花板上一连串微弱的震动——他从楼梯口走进卧室门，再穿过卧室。她确信自己听见了窗户被推开的声音——他翻出窗外，爬上了屋顶。她必须告诉自己不会有意外发生。

她时常在梦中看见他摔下来，看见埃蒙自己纵身一跃。她梦见他的摩托车滑离路面，他的身体在郊外某段荒凉的碎石路上划下一道殷红的印迹，然后是如漫天尘埃般缓缓坠落的寂静。这是一个母亲的责任：事先设想出所有最坏的可能，以避免它们的发生。她从未预见到那宾·坦西那个小杂种和他的靴子，从未考虑过那种可能，然而他不期而至。她不能再犯类似的错误。

她有时也会恨自己的儿子，恨他那压垮一切、让人生厌的脆弱。

她一边看电视，一边有意无意地听儿子钻进窗户的吱呀声和关窗的响动。电视上是她最喜欢的主持人和他邀请的嘉宾。整段对话在她的耳边如风飘过。她睡着了，之后猛然惊醒，却不知自己是从梦中醒来。

电视屏幕已经暗下去了，黑屏中心悬浮着一个微小的蓝色光点。冷风飕飕地刺透她头顶的黑暗，除此之外再没有一丝声响。四下一片漆黑。过了很久，她仍然想不起自己是谁，身在何处。等到记忆重新浮现，她大声呼唤起儿子的名字。

倚马而息

小丁让阿姆待在车里——他准备自己去见范尼根，给那老家伙一个解释的机会。虽然这不是他们平常做事的风格，阿姆仍点了点头。他看着小丁大步跨过草坪，来到范尼根和他妈合住的政府廉租房前，不失风度地敲起门。过了好一会儿，门开了。

阿姆戴上耳机，仰面躺在副驾驶座上。这辆车是小丁的叔叔赫克托淘汰下来的旧车，一辆玫红色卡罗拉，小丁管它叫"垃圾箱"。棕褐色的塑料内饰散发出机油、烟灰和狗的气味。嵌在仪表盘里的收音机早就不响了，卡带插口里塞满了钙化的蓝丁胶块、烟头和欧元时代之前的爱尔兰硬币。仪表盘释放出电器短路的焦味。头顶的遮阳板上塞了一排纪念卡片，塑封在岁月和阳光的侵蚀下已经惨不忍睹。倒"T"形状的后视镜上挂着一串红色的天主教念珠。

从范尼根家数起的第三栋房子的院墙上坐着两个女孩，正在一边聊天一边抽烟。她们应该是中学生，身上套着臃肿的羽绒夹克，膝头堆叠着教会学校笨重的蓝绿方格裙。现在是星期三上午十点，阿姆断定两个女孩一定在逃学。

78

她们同抽一支烟，烟卷在两人手里来回传递，她们的脚却整齐如一地左右摇摆。她们低下头，捂着嘴窃窃私语，显然在交换彼此的秘密。这个画面让阿姆很安心。他可以静静地坐在车里看她们一上午，但他觉察到范尼根家里有了动静。小丁出来了。他的脚步重重地踩在草坪上，这让阿姆想起自己的小宝贝杰克。小丁的身影随即出现在车窗前，他用手比出手枪的形状，指着阿姆的脑袋。阿姆摘下耳机。小丁的脸色很难看，有些气急败坏。他的五官偏小，总显得和那张大脸格格不入。他身上运动夹克的拉链一直拉到领口，拉链头在上下蠕动的喉结上跳个不停。小丁长叹了一口气，活像个老太太。

"阿姆，进去吧，把那个傻逼痛扁一顿。"

"他老娘怎么办？"

小丁摊开左手。汗津津的掌心里粘着一把钥匙。

"我把她锁进洗手间了。范尼根也觉得最好如此——我把她弄进去的时候他还搭了把手。他正在客厅等你。"

"他会不会把场面搞得很难看，你觉得？"

小丁用右手摩挲着头顶姜黄色的发茬。他的头发几乎剃光了，发茬在晨光下如水汽般闪闪发亮。

"说不好，但我觉得不会。他心里明白，乖乖挨揍的话还能好受点儿。"

"你想让他多好受？"阿姆问。

小丁无力地笑了笑。"不出人命就行。"

事情是昨晚捅出来的。当时玛丽·罗斯，也就是小丁的七个姐妹中的老三，发现夏洛特（她们都管她叫小莉）在楼上的洗手间里哭得死去活来。她们给小莉喝了杯热牛奶，又倒了杯威士忌压惊，她才缓过来，说出事情的原委。

"全是我的错，"在开车过来的路上小丁说，"就不该让范尼根那种禽兽跨进我家大门。"

小丁的全名是丁普纳·德弗斯，今年二十五，比阿姆大一岁。小丁在镇上贩售大麻，就是那种装在胀鼓鼓的绿色小拉链袋里的玩意儿。镇子很小，但小丁垄断了市场。目前小丁的下游有五个二道贩子，范尼根就是其中之一。他在阿尔根医用假肢厂做夜班临时工，就近覆盖了小镇的工业区。

刚过去的星期五晚上，小丁按照惯例请这帮人去家里喝酒，范尼根也在其中。小丁家除了他和他妈，还住着七姐妹中的三人。德弗斯一家天性好客，喜欢热闹。他家的派对总是在欢快的气氛中不知不觉进入午夜，那些回不了家的客人——无论是喝醉了还是大麻抽嗨了——便横七竖八地倒在沙发或地板上。那天晚上，范尼根喝得醉醺醺的，不知什么时候溜上了楼，摸进了小莉的房间，企图把他身体的某些部位塞进她的被窝。要知道小莉几周前才满十四岁。

这是小丁在来的路上告诉阿姆的。让阿姆惊讶的是，小丁居然能强压怒火，等到天亮了才有所动作；更让他惊

80

讶的是，小丁居然会先给范尼根一个解释的机会，而不是直接敲碎那家伙的脑袋。

"他给你合理的解释了吗？"阿姆说。

小丁翻了一下他的绿豆眼。

"他先说什么也不记得了。然后他又赌咒发誓，说自己醉得太厉害，把小莉当成了丽莎。"

丽莎是小丁最大的妹妹，二十四岁，被公认为德弗斯家最漂亮的姑娘。所以范尼根的解释是：自己原本想骚扰的对象已经成年了。这丝毫没能平息大个子阿姆的怒气。

"老天，"阿姆说，"他还有理了？"

"没错，"小丁说，"什么狗屁理由。"

阿姆把 iPod 耳机线整齐地缠好，放在仪表盘上。他下车时，小丁把洗手间钥匙递给他。

"教训一下就行了，"小丁说，"让他长长记性。"

范尼根坐在客厅的沙发上，面前是一张木质的小咖啡桌。墙上挂着一台崭新的等离子电视，正播着脱口秀，音量调到了静音。那是一档美国节目，镜头前的几个人拥有棕褐色的健康肤色，亮出一口漂白的牙齿，身穿运动外套，正像哑剧演员一样互相噘嘴做鬼脸。阿姆能听见大厅里钟摆的声响——是那种老式机械钟，还有洗手间门后细微的挠门声。

"我不想让她在里面待太久。"范尼根朝大厅扬了扬头。

他看起来有气无力，不过声音并没有发抖。他正四仰八叉地瘫坐在沙发上。范尼根五十多岁，瘦得像根棍儿，一头脏兮兮的摇滚式长发里夹着缕缕银丝。他留着一丛自己很得意的花白胡子，白色的胡须末梢经他长年累月蘸着唾沫揉搓，已经变成了一排小辫子。年轻时他或许是个帅哥。范尼根只穿了牛仔裤和背心。他细弱的胳膊上遍布着斑驳的蓝绿色墨迹，那是多年前的文身，最初的形状和线条已被岁月模糊。他是故意穿这么少的，阿姆判断。范尼根试图以皮包骨的形象博取他的同情。

"请坐。"范尼根说。

阿姆朝他迈出一步。

"阿姆——"范尼根抬起一只手挡在面前。

阿姆抓住他的后脑勺，把他从沙发上掀到地上。范尼根的脸撞上了咖啡桌。他呻吟着，一道厚实黏稠的暗红细流从嘴角淌下来。阿姆退后一步，一脚踹在那个老家伙的肋部。

"抬头，"阿姆说，"看着，范尼根。看着。"

范尼根听话地抬起头。阿姆踢了他第二脚、第三脚、第四脚。范尼根还真有种，挨了这么几下子也没昏过去，只是用胳膊肘撑着上身，在地毯上狗刨。这种情况下很难说清一个人是否在哭——他的脸上涕泪横流，夹杂着各种哽咽和急促的鼻息。不过阿姆觉得范尼根是在哭。他努力挣扎着想说什么。

"我——我——我还……还没……把她的内……内裤脱下来呢!"

阿姆又给了范尼根一下子。伴着鼻梁的一声脆响,那个老家伙昏了过去。阿姆把等离子电视从墙上拧下来,夹在腋下。他走进大厅,把钥匙扔在地上,从洗手间的门缝里踢进去。阿姆听见范尼根的老娘在门那边一阵慌乱,口中哀号着:"我的比利,我的比利呢?"

十五岁那年阿姆就和小丁成了哥们。他们在同一所学校上学,但各自属于不同的团体;直到小丁出现在镇上的圣伊格内修斯拳击俱乐部,阿姆才认识了他。那时的小丁是个心有不甘的胖男孩,急于把身上的脂肪变为肌肉,热衷于学习挥拳。而拳击是阿姆的长项。他在未成年组比赛里获得郡级冠军,甚至短暂地进入了省级决赛圈。阿姆拥有拳击场上必需的冷酷,懂得如何保持若即若离的状态。阿姆可以全身心地投入一场搏斗,任世界旋转、头脑眩晕、嘴角啐着唾沫、身体大汗淋漓,同时却可以像灵魂出窍一般洞悉一切。他的出拳又狠又稳,击中目标后随即弹起,仿佛密集的雨点。而且阿姆在赛场上毫不留情。只要裁判不喊停,他可以不断地出拳,直到打掉对手的脑袋。

阿姆是附近最好的拳手,因此小丁总是缠着他对练。小丁的体质马马虎虎,身材也一般。交手前两个男孩都清楚:小丁绝不是阿姆的对手。不过小丁依然不断发起挑战。

每场练习赛后，他们会坐在看台上，小丁用棉签给鼻子止血或是用冰袋冷敷乌青的眼窝。应他的要求，两个人会热烈地复盘，讨论阿姆这次是用哪套组合拳将他击倒。小丁把每一次挨揍当作一堂启蒙课，通过一处又一处淤青来勘察自己身体的弱点。阿姆意识到，年仅十六岁的小丁已经有了人生规划，他需要理解疼痛的形成、持续以及消解，并借此勾勒自己的未来。小丁只在乎他和阿姆的交情，至于俱乐部的繁琐礼节和赛场上的陈旧守则，他都不屑一顾。一旦两人的友情稳固下来，他便劝说阿姆不要循规蹈矩。

小丁和阿姆开始抽大麻，越抽越厉害；后来凭借和两个叔叔的关系，小丁开始兜售大麻。阿姆作为男人的第一次给了丽莎，之后他还进入了法蒂玛和克里斯蒂娜（七姐妹中的双胞胎）的身体。小丁对自己的姐妹总是百依百顺，他把妹妹们对阿姆的钟爱当作终极认可，更将阿姆视作亲兄弟。阿姆的全名是道格拉斯·阿姆斯特朗，但自从小丁给了他"阿姆"的昵称之后，镇上所有人都这么叫了。假如你胆敢招惹小丁，他就会把阿姆搬出来。"别逼我把阿姆放出来"——小丁会这么说。其实多数情况下，阿姆只需一脸冷峻地站在小丁身后就足够了。

在回德弗斯家的路上，阿姆摇下车窗。他望着后视镜，幻想着砸在范尼根脸上的拳头落回到自己的脸上。在拳击生涯中，他难免有几次被揍得很惨，赛后需要缝合撕裂的眼皮，或是复原被打歪的鼻梁，不过这些都不算严重。至于和小丁对练受的伤，充其量也就是蹭破一两处。

德弗斯家出现在阿姆的视野里。他们一家人住在法罗山小区边缘一栋两层的红砖小楼里。德弗斯家族曾四处流浪，尽管已有三代人定居于此，当地人还是因为他们古老的血统而把这栋房子叫做"补锅匠之家"。当然没人会当着小丁的面这么叫。

小丁的堂弟布兰登站在屋外。布兰登二十来岁，溜肩、啤酒肚，长了一张没有血色的圆脸、一头少年白的长发。发梢垂到屁股上，让人过目不忘。他似乎只穿印有重金属乐队名字或图案的黑 T 恤。而他本人也在本地的一支乐队里担当吉他手，乐队的名字叫"休假的撒旦"。他正低着头站在房前的草坪上，像姑娘一样精心梳理自己的长发。

布兰登来自根西岛 ①。高中毕业后，他似乎惹了不大不小的麻烦（毁坏公共财物、小偷小摸、在奶牛身上涂鸦）。他的母亲，也就是小丁的姑妈，是个肥胖的糖尿病患者，不久前刚切除了一侧脚趾。她把布兰登送来，名义上是过暑假，但一住就是一年多。他是个随和的小伙子，唯一的爱好就是重金属乐。从梳子上掉落的缕缕白发飘荡在他的身旁。

阿姆把等离子电视从后座上抱起来。

---

① 英属海岛名，位于英吉利海峡内，靠近法国的诺曼底海岸。

"还好吗，布兰登?"小丁说。阿姆也朝他点了点头。

"嗨，"布兰登用他柔弱的声音说，"你们明天来现场吗?""休假的撒旦"乐队将在小镇主街的奎利南酒吧演出。

"当然，"小丁说，"我们会在第一排晃动奶子。"

"他知道小莉的事吗?"进屋的时候阿姆问小丁。

小丁摇摇头。"他只知道她心情不好，就这样。没必要告诉他那件恶心的事。"

他们穿过前厅，进了客厅。丽莎和小莉正在沙发上看电视。小莉披着浴袍，树枝般纤细的小腿从浴袍的下摆伸出来，脚上套着粉红条纹的袜子。她还是个惹人怜爱的孩子。阿姆的指节隐隐作痛，这让他觉得很解气。

丽莎光着脚，穿一条毛边牛仔短裤，蜷着一条腿坐在垫子上。她戴着镀金耳环，深褐色的柔顺长发随意挽成一个发髻，蓬松地堆在头侧，很迷人。她是那种不必刻意打扮便能光彩照人的女人，可她总是浓妆艳抹。热辣的粉色唇膏，暗橙色粉底，亮黑如墨的眼影。厚重的睫毛仿佛加粗的黑体标点。

"小伙子们回来了。"她说。阿姆看着小丁绕到沙发背后，把一只手放在小莉的肩膀上，用鼻子蹭她的头皮。

"嗷——"他叫道。

"别闹!"小莉说。

小丁抬头望向阿姆。"你不是想要那个吗?"他指着那台拖着电线的等离子电视对小莉说。

阿姆耸了耸肩。"我猜小莉也许会喜欢。"

"你真贴心，道格拉斯。"丽莎说。

"说谢谢。"小丁说。

"谢谢。"小莉说。

他们的母亲琼·德弗斯已经在厨房备好早餐，正等他们上桌。早餐有香肠、煎蛋、西红柿、苏打面包和奶茶。琼是一个宽肩膀的矮个子女人，胸口长着密密麻麻的褐斑。她的乳沟左侧有一处纤细的花体字文身：内迪，那是她过世的丈夫的名字。和小丁一样，她长着一张红润的大脸和娇小的五官，还有一口细碎的黄牙。她在阿姆的左右脸颊上各亲了一口。当阿姆和小丁对着热气腾腾的早餐狼吞虎咽的时候，她问阿姆，他的小宝贝杰克还好吗？

"你知道的，"阿姆说，"他就乖乖地待在自己的世界里。"

"漂亮的小家伙。"琼说，"你和多里家的姑娘，多好的基因啊。"

阿姆起身告辞的时候，小丁从餐桌上抬起头。"咱们再聊，阿姆。"

"他简直是随叫随到了。"琼打趣道。阿姆出门之前，她拉住他的手腕，把两张五十欧元的钞票塞进他的手里。

"真该谢谢你，道格拉斯。给你的姑娘买束花吧。"

那个姑娘名叫厄苏拉，但她已不再是阿姆的姑娘。她带着阿姆的儿子住在她父母的房子里。房子位于小镇另一端的德拉蒙德高地小区。阿姆步行来到小镇的主街。路上的车不多，却也不显得冷清；小型两厢车或是大货车从省道上拐下来，唰——唰——地从他身边经过，仿佛视线之外的海浪慵懒地拍打着沙滩。

阿姆走进厄苏拉家门的时候，她正在熨衣服，而杰克踞在厨房的桌上。他穿着 T 恤和尿布，脚趾像鸟爪一样紧紧抓住桌沿。他正在用手指慢慢抠一片面包。杰克坐的位置让人有几分担心，不过他已是室内攀援的老手了。

"你好，小鬼。"阿姆说。

杰克噘起嘴唇，发出轻微的呼呼声，然后他的注意力又回到面包上。杰克边玩边吃，大半都浪费掉了。他会撕下一小片面包塞进嘴里，把它慢慢舔成一个圆球。有时他会把面包球吞下去，有时会掏出来弹到油毡地板上——现在他又这么干了。地板上已经散落着六七个这样的小球。

"别闹。"厄苏拉说。

阿姆从蛇皮钱包里掏出两张五十欧元的钞票，再加上琼刚给他的两张。他把钞票团成一个小卷，在杰克的面前晃了晃。

"嗨，杰克，给你的，去给妈咪买点儿好东西。"阿姆说，一边把钱塞进儿子的手里。杰克抓起钞票就往嘴里塞，厄苏拉赶忙伸手夺下。

"谢了。"她面无表情地说。她把钱揣进兜里，继续熨衣服。没叠的那堆衣服散发出氤氲的热气，把她苍白的皮肤熏成粉红。烙铁旁的桌上放着一本厚厚的教科书。厄苏拉正在社区大学上夜校。

杰克今年五岁。厄苏拉十八岁那年阿姆就让她怀上了他。自从杰克出生，厄苏拉就带着他住在父母家里。阿姆或许应该更常来看望他们，但他明白自己在这里并不受欢迎。厄苏拉的家人恨他，原因显而易见。他们恨他和厄苏拉一时鲁莽种下恶果，尽管他们除了疼爱这个男孩之外别无选择。

"他的睡眠怎么样？"阿姆问。

"挺好的，最近。"厄苏拉说。

"我们去公园怎么样，爱爬高的小猴子？"阿姆捏了捏杰克的下巴。

阿姆喜欢把杰克带出厄苏拉的地盘，但她总担心他会带杰克去陌生的地方。任何对日常生活轨迹的偏离都会让杰克不安；没见过的人或是没去过的地方都需要让他一步步熟悉，否则他会害羞，或是反应过激。这个孩子平日里很乖，但也可以很暴躁，一眨眼的工夫就大喊大叫。阿姆尝试了好几次才把他带到新修的公路旁的儿童乐园。如今杰克已经爱上了那个地方，但前提是不能有别的孩子在场。杰克喜欢爬高，尤其是游乐场里漆成蓝色的攀爬架。他喜欢随着秋千前后摆动，也喜欢滑梯的简单循环。爬上梯子，顺着坑坑洼洼的金属滑道滑下来。重复，再重复。

"只要你能让他穿上裤子，去哪儿都行。"厄苏拉说。

杰克喜欢光着腿。只要没人盯着，他就会以最快的速度脱掉裤子和鞋。阿姆耸了耸肩。"我准备就这么带他去。杰克是不会反对的。"

"那可不行！"厄苏拉微笑道。她拥有和杰克一样的金发碧眼。如果你能哄得她莞尔一笑，她的面容简直明艳照人，然而那绝非易事。厄苏拉很聪明，阿姆不知道自己是否还爱着她。只要一言不合，她随时可能变成一个阴郁的小婊子。

"说真的。我会把自己的裤子也脱了。有其子必有其父嘛。"

杰克伸出舌头，吐出一颗树莓，再添上一声欢叫，仿佛一个句号。阿姆心里清楚，医生对于杰克的病因毫无头绪，对他的未来也没有把握，他们只是需要时间来承认这一点。杰克两岁的时候也曾咿呀学语，但是学会的几个词很快又忘记了，就像把玩腻了的玩具丢在一旁。杰克的说话能力得而复失，医生不确定他是否还能再次开口说话，也无法预测那一天何时到来。

不过杰克拥有属于自己的声音，阿姆能从这些声音里解读出他的情绪。他已经对各种情绪的表象了如指掌：牛犊般的哞哞声或鸽子般的咕咕声表示他心情不错；鸟鸣般的咯咯声或者颤音说明他相当开心；当他沉浸在某些古怪的举动中时，他会不由自主地发出水泡般的咕嘟声；不顺

90

心的时候，他会像受伤的猫咪一样低声哀号；还有一种撕心裂肺的尖叫，它除了尖叫之外再没有别的含义。他很少发作，发作起来却毫无征兆，而且往往没有明确的诱因。他的反应可能很激烈，经常是针对自己——他会用头撞墙，试图踢穿窗框或者木门，或把自己的双手抓得鲜血淋漓。任何试图阻止他的人都会陷入一场野蛮的肉搏。他的狂躁是一种没有对象的宣泄，在扭曲的表达之外再无任何意义——医生们如此猜测。它就像天气，无需任何理由而存在。出手阻止是个危险的举动，但厄苏拉每次都戴上烤箱手套，毫不犹豫地扑上去，全然不顾自己身材娇小，又手无缚鸡之力。阿姆劝她别自己动手，不行就让她的爸妈上，但她却执意亲力亲为。她会以一个熊抱将杰克扑倒在沙发或是地板上，紧紧搂住他，直到他心中的风暴平息下来。

不过今天杰克的心情很好，嘴里念念有词，双眼闪烁着蜜糖一样的光。阿姆又捏了一下他的下巴。杰克调皮地咔嚓一声合上嘴。

"他等会儿要去看马，"厄苏拉说，"别出去太久。"

看马是郡医院的心理医生建议的治疗手段。镇上有一座对公众开放的小型农场。农场获得了一笔政府拨款，允许幼童、老人以及有心理或生理疾病的患者和马近距离接触。杰克害怕那些比他更小、更快、更吵闹的生物——猫和婴儿让他心神不宁，而狗让他惊慌失措——但是他喜欢马。他已经去过马场三四次，上次他甚至愿意骑上一匹小马驹,让它驮着自己绕着马场跑了一圈。据厄苏拉说,他全程都表现得十分镇定。

"小老虎,来呀,来呀。你真是个怪孩子。"阿姆说。他能感觉到厄苏拉的目光,也知道她在竖着耳朵听。"你真是个小怪物,一个越来越怪的小东西。"

杰克一穿上运动鞋就变成了踩踏小怪物。他的每一双鞋都是运动鞋,清一色的尼龙搭扣,因为鞋带只会带来不必要的麻烦。在去游乐园的路上,他不断地用鞋跟猛踩路面,仿佛在踩扁一个个纸箱,简直乐此不疲。

厄苏拉帮阿姆给杰克穿上蜘蛛侠夹克衫和运动裤。杰克所有外套的袖口都被他啃得破破烂烂,这一件也不例外。父子俩出了门。杰克很清楚要去哪儿。阿姆对儿子的认路能力很自豪,虽然这件事就算是狗也学得会。

游乐园里空无一人。杰克迫不及待地穿过柏油路,跳上攀爬架,沿着 Z 字形的路线一口气爬到顶。他在横杠之间游刃有余,活像一只小猴子。他在攀爬架顶端得意地呼呼直叫,然后低下头,吐出舌头,肆无忌惮地跟蓝色金属杠舌吻起来。

"别舔了!"阿姆说。

阿姆严厉的语气让杰克抬起了头。他用手背擦了一下嘴,似乎在那个瞬间感到羞愧。阿姆在长椅上坐下,朝他的孩子挥了挥手,对不起。杰克一下子又开心起来,兴奋地大呼小叫。杰克身后是平淡晦暗的天空，渐深的云影层层沉降到地平线上，在远方酝酿着风暴。

"赫克托来了个电话，听上去很不爽。很不耐烦，很不爽。"小丁说。

星期五下午。下了整整一上午的雨，天刚放晴。小丁和阿姆开着"垃圾箱"往镇上去。小丁一边开车一边在嘴角嘟囔着。阿姆知道，只要小丁这副模样，一定是心里有事。

"怎么了？"阿姆问。其实他已经猜到了八九分。

小丁瞥了阿姆一眼。他嘴唇紧闭，不耐烦地哼了一声。

"他们怎么知道的？"阿姆问。

"我妈呗，那还用说？无线广播站，无论这辈子还是下辈子都一样。"

"那天她的反应还行啊？"

"我当时也是这么想的。"

"你觉得他们想搞事情？"阿姆问。

"想搞事情？那就来吧。"

赫克托·德弗斯和普迪·德弗斯是小丁已故父亲的弟弟。他们住在小镇十英里外一座偏僻的农场上。农场坐落在内芬山脚下，沼泽环绕，灌木丛生，通过一条泥泞的土路与小镇相连。除了从事日常的农活，他们还种植一种香味独特、劲道十足的大麻。他们采用水栽法，在牛棚下面的储物窖里搭出一间恒温栽培室，以紫外光照明，营造出

93

永远的黄昏气氛。栽培室规模虽小，却打理得井井有条，产量足以让小丁满足镇上每一个工厂瘾君子和学校小混混的需求。阿姆和小丁的两个叔叔向来井水不犯河水。没有叔叔，就没有小丁的生意，但他俩的性格反复无常，一有风吹草动就疑神疑鬼。阿姆知道，过去几年里他们至少两次毫无征兆地宣布金盆洗手；小丁每次只能苦苦央求，还要多让出几分利才劝得他们回心转意。

阿姆和小丁每月去农场进一次货，同时结清上月的尾款。据阿姆所知，他和小丁是叔叔们唯一的常客。

赫克托和普迪的农场常年大门紧闭，俨然一座遗世独立的孤岛。他们备有一座武器库，里面有几把手枪、两支霰弹枪和一支装有望远瞄准镜的半自动猎枪。他们准备了防弹衣和迷彩服，而且懂得用普通家用材料和农业原料自制小型炸弹——至少他们是这么吹嘘的。他们曾向小丁和阿姆炫耀过自己的"战略储备粮库"，里面存有足够吃十八个月的罐装浓汤和干粮。他们养了两条健硕的阿尔萨斯牧羊犬，它们训练有素，随时准备把利齿嵌进入侵者的喉咙。种植大麻的地下室里机关重重；他们还下了饵雷，以便在最坏的情况下及时销毁证据。

他们极少出门，并且绝不会同时出门。小丁和阿姆的每次的到访都很短暂。阿姆更愿意待在车里，让小丁进去跟他们谈判、交易。

按照约定，小丁和阿姆会在明天去农场，在那之前双方不必联系。谁知今天早晨赫克托冷不丁地给小丁来了个电话，约他下午两点在主街的拉利台球厅见面。

台球厅又阴又冷，幽暗的空间里紧凑地摆了六张标准球台。几局球正在进行中，玩家的低语被球声掩盖。圆球在灯光照亮的长方形呢料台布上往来冲撞，不时有球跌跌撞撞地落袋，发出短促的咕咚声。窗户外面焊着细金属网，给人以监狱之感，不过常客们早已视而不见。台球厅没有售酒许可证，但精明大胆的马克·斯克里尼把罐装啤酒和瓶装酒藏在便携式冰盒里，以超市两倍的价格出售。多年来没有一个女人踏进过拉利台球厅的门槛，或许开张以来就一向如此。

台球厅里靠墙摆了一排劣质的胶合板小桌。赫克托坐在靠里的一张桌前。和他同桌的是一个更老的老头，正对着他滔滔不绝。赫克托只是不作声地听着。

小丁的这位叔叔五十多岁，身材敦实，前臂肥厚多肉，泛红的脸上满是裂纹，那是几十年来风吹日晒的结果。他这趟进城把自己收拾得人模人样，穿了一件带袖扣的白衬衣，搭配海军蓝的套头衫。他依然一头黑发，只是略染白霜，今天修剪得一丝不苟，还上了发胶。阿姆知道，今晚他会去罗斯康芒郡 ①。赫克托是两个叔叔当中更上得了台

_____

① 郡名，位于爱尔兰西部。

面、更会和人打交道的那个。他在巴林托伯村有个女人，名叫米尔金，是个寡妇。他已经以蜗牛般的速度追了她三年。那个女人也是五十多岁，一直和她九十多岁的母亲住在一起。因为顾及老太婆的面子，她只允许这位追求者每隔几周去过一次夜。虽然老太婆几个月前就死了，赫克托和寡妇的约会却没有变得频繁。赫克托似乎并不在意。阿姆猜测这段关系最吸引他的就是这种蜻蜓点水式的调情。而小丁对此有自己的理论。他坚信寡妇坐拥一大笔财产（来自先后两份遗产），赫克托旷日持久的追求其实是在蹑手蹑脚地接近那笔钱。

阿姆和小丁走近赫克托的时候，他身边那个老头的异味扑面而来。那是一种阴干在裤裆里的成人尿渍的恶臭，熏得人眼泪直冒，也难怪赫克托翘起椅子一个劲儿往后仰。赫克托的胳膊交叉着放在啤酒肚上，鼻翼紧缩。他嘴角的皱纹间勉强挤出一丝笑容，竭力掩饰着心中的厌恶。

"啊，我等的人到了。"他打断那老头的话。老头转过身，打量起阿姆和小丁。

"就是这两个小子？"老头用嘶哑的声音说。

"这个棉纺厂的是我侄子。旁边那个是他哥们，以前是郡级拳击手。两个好小伙儿。"

"看着还行。"老头冷冷地说。

"是不是打扰你们了？"小丁问。

"完全没有。米克正在讲一个关于耶稣的奇妙理论。"

"耶稣?"小丁说。

"我们的上帝和救世主。"老头说。

"他的理论,"赫克托见那老头不再解释,便接过话头,"认为耶稣是双胞胎。他有一个孪生兄弟。当人们把第一个钉上十字架再埋进墓穴之后,他的信徒偷走了尸体,然后让他的兄弟在三天后现身,宣称自己是耶稣复活。"

赫克托说话时,老头死死地盯着阿姆和小丁,一只眼睛眯得快闭上了。他穿着一双沾满污泥的锐步懒人跑鞋,没穿袜子,下身着一条脏得发亮的酱紫色运动裤,上身着一件芥末黄的运动夹克,里面穿一件褪色的九四年世界杯T恤。他手里抓着一个塑料购物袋,里面层层叠叠的,看样子是一堆小塑料袋。

"好吧,"小丁小心地回答,"有道理。听起来比所谓的死后复活可信多了。"

"那当然。"老头很不客气地说。他用指节撑着桌面,颤巍巍地站起来。

"和你聊天很有意思。能碰到一个有脑子的人真不错,真不错。"他转过身,那股堪比臭鼬的气味也随着他转了个身,亦步亦趋地飘走了。

"他妈的什么鬼?"小丁说。他咳嗽几声清了清嗓子,在老头刚才的座位上坐下。阿姆从邻桌拉来一把椅子,坐在他身边。

"那个糟老头搞不出什么鬼,"赫克托说,"我担心的倒

97

不是他那种人。"

"那你担心什么，赫克①？"小丁说。

"如果你不知道我要说什么，就别自以为是地叹气。这小子，"赫克托朝阿姆点了点头，"就知道应该闭上嘴，等别人把话讲完。"

"你打电话的时候听上去不太高兴，赫克，我只是想说这个。"小丁说。他把两只手的短粗手指交叉在一起，又清了清喉咙。

"我听说……"赫克托开口了。他撑起来坐直，桌沿正好卡进两层肚腩中间。"那个家伙，他叫什么来着？"

"范尼根。"小丁说。

"范尼根。我听说了他对那孩子干的事。"

小丁飞快地舔了一下牙齿。

"你听说的是他想干但没干的事。小妹已经没事了。我们会处理的。事实上，我们已经处理好了。"

"是吗？"赫克托说。

"是的。"小丁说。

"我在乎我的家人。也在乎我兄弟的家人。我和普迪都一样。"赫克托朝小丁抬起一只手，象征性地拢住他，然后伸出另一只手，仿佛普迪就坐在他身边。

普迪是两个叔叔中更可怕的那个。他很瘦，个子很高，

---

① 原文为 Heck，是赫克托（Hector）的简称。Heck 在字面上也有"见鬼"的意思。

98

长着荆棘一样的花白头发和瀑布一样的塔利班式胡须。他有一对凶悍的黑眼珠，让阿姆想起自己的佛雷德叔叔在酒吧玻璃柜里展示的狐狸和白鼬标本。

"我也在乎。"小丁说。

"她还是个孩子，"赫克托说，"一个孩子。你为她讨回公道了吗？"

小丁正要开口，赫克托抬起一只手。不用说了。

"这是我的事。"小丁盯着叔叔的眼睛说。

"是吗？"赫克托说。皱纹再次爬上他的嘴角。

小丁在椅子上动了动。

"如果你处理不了，就该早点叫我们出来。"

"我——他妈——已经——处理了。"小丁说。

"是吗？"赫克多不屑地哼了一声。"你可过不了我这关，也过不了普迪那关。还有你爸爸——上帝保佑他——也绝不会善罢甘休。以他的脾气，真正的报复还没开始呢。"

小丁闭了一下眼睛又睁开。

"相信我，"他说，"范尼根这辈子再也不敢乱伸手了。"

赫克多沉默了片刻。他拨弄着一枚袖扣，显然在思考小丁的话，然后他把目光转向阿姆。

"肌肉男，"他说，"阿姆斯特朗小子。你说说，道格拉斯。如果这件事发生在你的孩子身上，你会善罢甘休吗？"

阿姆没有作声。

小丁叹了口气。"我们不能太引人注目，赫克。已经处理好了。"

赫克托用手猛拍一下桌面。

"你应该感到庆幸,小子。我们没想找你的麻烦。你运气不错,我们只是把你当作傻瓜,而不是胆小鬼。"

阿姆感觉小丁已经接近爆发的边缘。只见他血气上涌,脸涨得通红,门牙紧咬下唇,呼吸粗重有力。

"这么说你们想干什么?"

赫克托推开椅子,站了起来。他环顾四周,客人们纷纷扭开头去。听到他说话的人全都假装一无所知,这让赫克托很得意。他苦笑了一下,低头看着小丁。

"干那件我们原本不必干的事——因为那件事早该有人干了。"

阿姆望着他的背影消失在门口。小丁忿忿地盯着墙壁,等待怒火平息下去。阿姆明白,这种时候最好一句话也别说。

下午阿姆和小丁分开了。阿姆步行穿过小镇,他的脑海里浮现出杰克骑着小马的画面,这让他又惊又喜。

小镇的农场坐落在职业技术学校与游泳中心之间,外面砌了围墙,里面是画册图片一样的半英亩草场。进了农场,阿姆首先经过一间空荡荡的白色小屋,门敞着,屋里传出广播声,斑驳的红漆窗台上倒伏着一排枯萎的紫罗兰。再往里,地面上散布着干硬的动物粪便,中间踩了蹄印,成了火山形状。他一一避过，沿一条踩出来的小路来到马场的栅栏门口。

马场远端有两个大人和五六个孩子，杰克也在其中。他们正在看一个女人骑马。她骑着一匹苗条的白马，不时催马奋蹄冲刺一段，再让它减速慢跑。马具的叮当声清晰可闻。

在阿姆这一端观看的还有一个坐轮椅的孩子和一个穿橡胶洞洞鞋的小伙子。小伙子身材矮胖，正在吃荧光绿包装的糖果棒。他约莫二十来岁，戴着黑框眼镜，一副修道士模样，肥厚的下巴上挂着一道短络腮胡，往两侧一直延伸到耳朵。他的耳朵上戴着那种黑色的部落耳环，把耳垂拽得很长。阿姆估计他是孩子的看护。那个孩子长着大脑袋、小身子，两者借助一个特制的金属架固定在轮椅上。他的头部装了个金属圈，上面插着参差的螺钉与螺栓，仿佛一个光环，将他的大号脑袋和小号脖子稳稳地固定住；更多的螺栓、皮带和支撑杆环绕着他的胳膊和腿。这台经过改装的轮椅像是赛车防滚架 ① 和中世纪刑架 ② 杂交的产物，但阿姆估计它多少能够减缓孩子的痛苦。

小伙子注意到阿姆正在看他们，朝他笑了笑。

---

① 安装在拉力车内部的金属架，在事故发生时起到保护车手的作用。
② 中世纪的一种刑具，一般是矩形的木制框架，上面装有若干可转动的横梁。受刑者的手腕和脚踝被分别固定在上、下的横梁上；施刑者通过机械装置转动横梁，增大拉力，导致受刑者关节脱臼乃至断折。

骑师领着对面那群人朝这边走来。白马狭窄的肚腹慵懒地左右晃动。等马踱到近处，阿姆发现它的毛色并非纯白，而是类似白垩的浅灰，其间点缀着亮白色斑点。它垂下起重机吊臂般的脖颈和巨大的头颅，开始啃食一丛青草。

"特里，看，马来了。"戴耳环的小伙子对"支架男孩"说。

骑师也很年轻，鹰钩鼻，雀斑脸，黑色鬈发。她张开嘴，美国口音飘了出来，彬彬有礼的语气里透出一丝不安。

"你有什么事吗？"

"那是我儿子，"阿姆指着那群孩子说，"杰克·多里。"

"哦，杰克。"她说。孩子们陆续跟上来，聚在马场门口。

"他喜欢他的小马驹。"她说，一边翻身下马。

杰克斜眼看着女骑师。他嘴角露出一丝诡异的笑容，似乎正在盘算什么下流的勾当。

"杰克！"阿姆喊道。

杰克疑惑地看着阿姆，两条胳膊像翅膀一样扑打着，原地蹦了起来。一个淌着口水的愣头小子跌跌撞撞地跑过来，把杰克撞倒在地。他身高足有一米八，留着蘑菇头，上唇长了一抹乱糟糟的茸毛。杰克尖叫了两声，但他的注意力很快被脚边草丛里的某个东西所吸引。愣头小子弯下腰，对着马耳朵咕哝起来，同时用指节上下摩挲马脖子。那匹马已经见怪不怪，若无其事地吃着草。

102

"好了，凯文。"骑师说。她抓住愣头小子的胳膊，轻轻将他推开。

"他也有自闭症。"她对阿姆说，一边弯下腰，掸开杰克正准备放进嘴里的烟头。她拉住杰克的胳膊肘，把他拽起来，这是帮他站立的唯一方法。杰克咳了几声，又恢复了笑容。除了骑师，还有两个妇人帮忙照管孩子，她们头发花白，面容饱经风霜，正手忙脚乱地维持秩序。一个不到十岁的女孩穿着紫色连体紧身衣和破旧的毛面雪地靴，一边挣扎一边嘶吼。一个妇人把她的手臂反拧在背后，推着出了马场。

"这他妈简直是个动物园。"阿姆说。

"你不该到这儿来，"骑师脸上的笑容消失了，"孩子们正在上课。"

"我只是来看马的。"阿姆说。

"休假的撒旦"将在晚上九点登台。阿姆早早到了奎利南酒吧，一个人坐在吧台，端着一杯加冰柠檬水，留意着进门的人。终于，小丁挽着丽莎出现了。小丁扬了扬下巴招呼阿姆，大步走了过来。中途他放慢脚步，让两个年轻姑娘通过。阿姆看着他扭头盯着姑娘们的屁股，悲哀地咬了咬嘴唇。镇上只有一类姑娘愿意和小丁约会，普通女孩都唯恐避之不及——不仅因为他不光彩的家族流浪史和他令人担忧的不法行径，也因为镇上从未间断的闲言碎语，暗示他和自己的漂亮姐妹有一腿。正因如此，阿姆猜想，范尼根那件事就更显得难堪。无论小丁有多少缺点，他在自家姐妹面前总是表现得像个骑士。

他们挽着手来到他的面前。

"晚上好。"阿姆说。

"燥起来吧！"丽莎冲他喊道。

奎利南酒吧渐渐热闹起来。布兰登和他的乐队正在不遗余力地调动气氛。小舞台搭在酒吧最深处，布兰登已经登台，坐在一个高脚凳上，膝盖上平放着一把没插电的吉他。他在沉寂的琴弦上拨出一段未加修饰的旋律。小丁冲着布兰登竖起大拇指，然后把双手放在胸口，捧起他之前承诺过的奶子。丽莎举手鼓掌欢呼。阿姆看着她的手链和手镯从手腕滑落，卡在胳膊肘上。

"自我表现。"小丁喃喃自语。

"什么？"阿姆说。

"我应该学吉他的。要是学会弹吉他，谁他妈还需要开口说话？"

"你还是得开口唱歌。"阿姆说。

"让冰水见鬼去吧。你该喝点儿酒了。"

九点刚过，经过一番接线调音之后，乐队气势十足地奏响了酷炫的开场音，观众三三两两地往台前聚集。布兰登站到麦克风前，眼观鼻、鼻观心，手指在吉他的品位间狂舞，滚雷般的乐声在他身旁越掀越高。他紧张地笑了笑，低声感谢大家捧场，然后便扯着嗓子嘶吼起来。

丽莎闪身消失在欢快的人群中，阿姆和小丁远远地待在吧台，一杯接一杯地喝杰克丹尼加可乐。小丁把左手的关节一一摁响，然后换到右手。

"让他们见鬼去吧。"他终于开口了。

"这次你想让谁见鬼？"阿姆问。

"你知道我他妈说的是谁。他们想插手，来吧。插手好了。只是别因为我出手解决问题就对我指指点点的。"

小丁盯着阿姆。"我把问题解决了。"

"我知道。"阿姆说。

阿姆感觉屁股被人掐了一把，丽莎随即出现在他身旁。她的香水味很撩人，她的身体触手可及。她用胳膊挽住阿姆的脖子，问这里能不能找出一个可以让女人快活的男人。阿姆斜眼看着她。她揪了一下他的脸。

"可靠又低调，亲爱的，我说的就是你。"

"再喝点儿。来。来。"小丁咕哝着戳了戳阿姆的肩膀。阿姆猛地低头从丽莎的怀里挣脱出，紧接一个后撤步，重新回到吧台。

马场的驯马师也来了。坐在她身边的两个姑娘阿姆有几分眼熟，应该是本地人。她俩身穿暴露的紧身黑裙，还特意做了磨皮和美黑。相形之下，驯马师就是个假小子。她脚蹬高帮运动鞋，穿牛仔裤，上身披一件灯芯绒夹克，肘部缝了皮垫。看样子她和两个本地女孩只是普通朋友。

大概是室友，阿姆猜测，或者是农场的同事。

她们正在喝鸡尾酒，红色糖浆混着碎冰调出来的玩意儿，活像浸在血里的雪泥。两个本地女孩像淑女一样用吸管小口啜饮，边喝边留意酒吧里有谁在看自己。驯马师用胳膊肘撑着吧台，背对喧闹的人群，漫不经心地端着酒杯，用吸管捅散凝成一团的冰块。她从杯中拣出一大块冰，扔进嘴里。

"嗨。"阿姆说。

她看着他。

"我今天在马场。"阿姆解释道。

"啊，没错。以后还准备不请自来，是吧？"她咔嚓一声把嘴里的冰咬碎。

"哈，你知道的。"阿姆清了清嗓子，答道。

"我不知道。你们这儿的人总爱这么说。你知道的。然后什么也不说。"

"我去马场转转总没什么坏处吧？"

"和那些孩子在一起，你必须加倍小心。"她说。

"当然。"阿姆说。

"你知道的，你的孩子也在里面。你知道他们有多脆弱。"

"我不确定是否该用'脆弱'这个词。但我儿子好像挺喜欢那儿。"

她又用吸管搅了搅鸡尾酒，扭头朝舞台的方向皱了

106

皱眉。

"乐队出什么毛病了？他们故意要搞得这么难听吗？"

"我认识他们。"

"他们太他妈可怕了。"她说。

"我猜他们要的就是这个效果。"

"你的朋友？"

"对。"阿姆说。

"但是你谁都认识，不是吗？本地人。抬头不见低头见。"

"我可不是谁都认识。"阿姆纠正道。

"那人是谁？"她指着小丁问。

"我哥们。"阿姆坦言。

"我在他那儿买过东西。"她说。

"哈。"阿姆说。

"他可不是个好惹的主儿。"她说。

阿姆向酒保招了一下手，又点了一杯酒。

"你是怎么到这儿来的？"阿姆问。

"这儿，你说这儿？"她说。她忿忿地吐了一口气。"我他妈就该把我的身世文在脑门上。免得每次一开口就要重复一遍。"

"你在这里有亲戚？"阿姆猜道。

她不屑地笑笑。"没有，没有。这儿对我来说是片处女地。我在都柏林待过一段时间，上大学。后来我找到这

107

份工作，就一直干到现在。如果农场的政府补贴不被砍掉，并且我的签证没问题的话，我还能再干个一年半载的。"

"农场的薪水还行吗？"阿姆问。

"我是因为喜欢才干的。"她说。

"如果政府补贴被砍了，你怎么办？"

"如果我是你的话，我会关心我的儿子该怎么办？"她说，"至于我嘛，无所谓。"她用指节蹭了蹭鼻尖。她的一侧鼻孔上方有个刺孔，应该戴过鼻环。"世界那么大，去哪儿不行？其实"——她向酒保递了个眼色，在酒杯上方飞快地画了一个圈——"你也一样。你在这儿出生，在这儿长大，没错吧？你现在正当年，留在这儿干什么？"

"我已经退休了。"阿姆说。

"退休了。你以前干什么的？"

"我以前是拳击手。"

"你现在不打了？退役太早了吧？"

"我到该退役的年纪了。拳击手必须有好胜心，还得足够冷血。"

"你已经不行了？"

"拳击手必须日复一日地训练，一点儿也马虎不得。我已经没动力了。"

"原来如此。你干一件事，干得还不错——我们暂且这么说。然后有一天，你突然……洗手不干了。"

阿姆喝了一口酒。"我还在坚持健身。我可以轻松地把一个普通人放倒，但是如果要动真格的，我实在是提不起兴趣了。"

"真是个悲剧。"她说。

阿姆耸了耸肩。

"你真让人扫兴。"

"干杯。"阿姆说。

"来吧。"她说罢，喝了一口酒。阿姆挪到她的身边，感觉多少有些身不由己。她没有躲闪，过了一会儿阿姆才意识到或许她对此并不反感。

他凑近她的耳朵说："你要有伤人的欲望。那就是我所说的动力。你必须有抑制不住的杀气。"

阿姆能看见两人在吧台镜中的脸，如同月亮一样飘浮在高高低低的酒瓶排成的天际线上。霓虹灯变幻着色彩，一个光点落在她的鼻尖上。阿姆注意到她鼻梁的形状，应该曾复过位，效果有些差强人意。或许是老伤。阿姆正要细问，小丁过来捏住他的肩膀。

他的绿豆眼已经醉得通红，脸也成了猪肝色。他全然不理会旁边的女孩，把阿姆从吧台的灯光下推到角落里。

"道格拉斯，你说。我们能信任他们吗？"

阿姆回头看了一眼。驯马师正和两个女伴讲话。她说了句什么，扬了扬眉毛，引得女伴咯咯笑起来。

"赫克托，普迪。"小丁说。

"他们是货源，"阿姆说，"没有他们，我们就一无所有。"

"他们会揪着范尼根的事不放。"

"你觉得他们真的会下手吗?"阿姆说。

"他们会的。我猜他们会把他从街上拖走,绑回农场去喂狗。他们才不管什么后果,就算天翻地覆也无所谓。警察、监狱,他们都不放在眼里。妈的,他们就连这个镇子也瞧不上。他们整天待在荒郊野外,守着他们的石头、狗和枪。对他们来说,那就是全世界。"

阿姆看了一眼吧台,姑娘们已经走开了。她们在人群中穿行,驯马师并没有回头,但从她的步态以及脖子与肩胛的角度里,阿姆能看出,她知道他在看着她。

夜渐渐深了。乐队又闹腾了一个钟头,观众越发地意兴阑珊。等到乐队最终谢幕时,他们如释重负地欢呼起来。然后 DJ 放起音乐,年轻人纷纷拥入舞池。阿姆望着一大群姑娘在舞池中跺脚、摇摆。他有些纳闷:小伙子们都上哪儿去了?

"今晚过得还不错,"小丁说,"让其他事都见鬼去吧。"

小丁的眼珠在眼窝里恍惚不定。阿姆也感到几分愉悦的微醺。阿姆拍了拍小丁的肩膀,踏入舞池。干冰化作的烟雾在扭动的躯体间翻腾。阿姆转过身,预感到驯马师就在附近。她果然在两个女伴的身后跳舞,后者各自搂着一个男伴。她朝他微微一笑,挑了一下眉毛,阿姆把那看作默许的信号。他微笑着凑上前。谁知他刚碰到她的嘴唇,她就往后一退，一只手卡在他的喉咙上。

"你他妈干什么？"她压着伴奏声冲他大喊。

阿姆耸耸肩，认错似的耷拉着头，然后再次凑上前。她又退了一步，但至少这次她的脸上露出一丝歉意的笑。"不行——"她说，然后摇了摇头，仿佛在看着一个傻瓜。

阿姆指了指吸烟区，示意过去聊聊。

"今晚不行。"她喊道。然后她又莞尔一笑，略带怜悯地在他的胳膊上掐了一下，转身离去。

阿姆望着她的背影，心想，下次会是一个不一样的故事。

阿姆差不多凌晨两点才离开奎利南酒吧。他决定出去走走，这样明天早晨的宿醉会好受些。他沿着滨河小路往郊外走去。这条路沿着穆尔河，通向几英里外的海边。阿姆打算走到一英里外的沙滩，再换条路绕回来，快的话四十五分钟来回。阿姆一边走一边听音乐。走了一会儿，他看见前面有个人影。阿姆放慢脚步，认出那头花白的长发、骨瘦如柴的胳膊，还有那一步一晃的罗圈腿。和阿姆一样，范尼根也找了个地方买醉，然后选了这条风景优美的小路回家。

阿姆摘下耳机，把它揣进胸前的外衣口袋，音乐持续震颤着他的胸口。他盯着范尼根的后脑勺，加快速度，同时放轻脚步。阿姆悄悄来到范尼根的右侧，那家伙浑然未觉。

"嘿，兄弟。"阿姆说。

范尼根整个人像皮筋一样弹起来。他把惊呼声咽回肚里，扭头望向路面以下六米的河面。过了一会儿，他无可奈何地转回头来——除此之外他别无选择。

"老天，道格拉斯兄弟，你好。"范尼根佯装镇定，用沙哑的声音说。他两眼乌青，眼眶溃烂，鼻子上贴着一条烂糟糟的纱布。

阿姆甩出一条胳膊搂住范尼根的肩膀，把他推到河堤的矮墙边。范尼根刚刚嘀咕了一句"你要——"，阿姆就把他掀翻到墙外。他头先着地，在斜坡的稀泥、野草和石头上连滚带滑。阿姆看了看左右，确认附近没有其他人或车，便也翻身出墙。他利落地脱下运动鞋，把它们塞在一块石头下面。范尼根瘫在地上望着他，水泡一样的双眼在黑暗里眨巴。他居然完全没有爬起来逃跑的念头。

"起来。"阿姆说。

阿姆似乎听见了那个醉鬼的脑子咔哒咔哒启动的声响——它正在试图理解眼前发生的事。范尼根顺从地站起来，拍了拍衣服裤子，结果把污泥抹得浑身都是。他穿着一件黑底亮绿条纹的凯尔特人队 ① 雨衣、长袖运动衫、牛仔裤，和一双带搭扣的靴子。

---

① 指苏格兰的凯尔特人足球队。

"你要干什么？"

"往前走。"阿姆说。

"什么？"范尼根说。

阿姆敲了一下他的脑门，就像在敲一扇门，然后重复了一遍他的命令。

"转身。往下游走。"阿姆戳着范尼根的肩胛骨中央，直到他开始挪动脚步。"叔叔们得到消息了。他们早晚会知道，这你心里有数。"

阿姆看见范尼根的肩膀猛地一紧，然后又垮下来。范尼根摇了摇头，回头看了阿姆一眼。

"你和他们不一样。"他说。

"什么？"

范尼根的胡须抽动了一下。

"你和他们不一样。"

"继续走。"阿姆说。

他们继续往前走，阿姆一言不发地跟在范尼根身后。等到他觉得足够远了，他把一只手搭在范尼根的肩上。这是穆尔河最宽的一段，差不多有十五米，水声震耳欲聋。

"外套。"阿姆喊道。范尼根转过身，脱下外套递给他。阿姆把它团起来，扔进河里。衣服一沾水便被激流卷走。它在水中浮沉，拖着一道蜿蜒的白沫，最终没入黑暗。

"把鞋脱了，其他衣服也脱了。"

"什么？"

他渐渐开始明白自己的处境。阿姆刚才提到了叔叔，范尼根知道那意味着什么。小丁说得没错，阿姆想，叔叔们会宰了范尼根。他们会用尽手段折磨他，不会让他痛快地死。他们最后还会用他的骨头喂狗。除此之外，他们早晚会觉得小丁的心慈手软会成为大麻生意的软肋。

范尼根磨磨蹭蹭地脱起衣服。他先褪下靴子，然后脱掉运动衫和汗衫。

"放在这儿。"阿姆用脚尖往泥地上点了点。范尼根把运动衫和汗衫丢在地上，没多久就哆嗦起来，凄惨的样子让阿姆不忍直视。范尼根的上身像牛奶一样白，枯草似的胸毛往下延伸到肚脐。黑暗中，他手臂上的文身酷似一片淤青。

"小丁……"他说，"小丁说了，"他摸着自己贴着纱布的脸，"小丁说了，那件事已经过去了。"

"脱裤子。别磨蹭。"阿姆说。

"你是认真的吗？"范尼根把腿从裤管里抽出来。"老天，我都脱光了，"他喃喃地说，"我他妈都快冻死了。"

范尼根开始叠他的牛仔裤。他先把裤腿对齐，然后对折再对折，最终叠成一个整齐的方块。望着眼前这个微不足道的成就，他忍不住摇了摇头。

"不，不，不。别开玩笑了。我不玩了。见鬼去吧！"范尼根作势要从阿姆身边走开，脚下却寸步未动。阿姆把手掌压在范尼根的锁骨上。

"快了，就快完了。"阿姆告诉他。

"老天，能让我抽支烟吗？"

"等会儿。"阿姆说。

"我等不了了！"范尼根说。他仿佛一个从梦中惊醒的人，眼神恍惚，不知所措。范尼根焦急地看了看左右，然后抬头望着天空中孤零零的几颗星星和讳莫如深的月亮——那个臭婊子永远默默地注视着一切，却从不吭一声。他又大声抱怨了一句，喉咙里的痰顺着气息往上涌，声音重滞而浑浊。他把痰咳到嗓子眼，一口吐在阿姆的脚边。

"几点了？"他说。

"应该到三点了。"阿姆说。

"差不多，差不多。"范尼根用胳膊擦了擦嘴。"你还行吗？"他问阿姆。

"我很好。"阿姆说。

阿姆在范尼根吐痰的地方蹲下，把那双靴子拖过来，然后把运动衫和汗衫堆在上面。范尼根依然呆若木鸡，身上只剩下内裤和袜子。阿姆注意到那双破烂不堪的袜子。买的时候应该是白的，如今已成了灰色，粗劣的布料上满是线团和破洞。阿姆抬头看着范尼根。

"裤子也放这儿。"阿姆说。

比起蹲着的阿姆，范尼根此刻有居高临下的优势。阿姆在心里暗暗向他大喊，催他放手一搏。推倒阿姆，或者转身逃跑，或者把全身的力气聚集在拳头上，照着阿姆的脑袋拼命一击。但这个怂货习惯了逆来顺受，他在阿姆旁边蹲下，把叠好的牛仔裤放在衣物上。

"道格拉斯。"他说。尽管周围一片昏暗，阿姆仍能感到范尼根的目光。范尼根对自己的处境一直懵懵懂懂，但此刻他如梦方醒，心中一片雪亮。他清晰地喊出阿姆的名字，语气中饱含着绝望和乞怜。这是他最后的哀求。

"道格拉斯，"他又喊了一声。"听着。听着。我小的时候——"

就是它了——在泥里半掩半露。阿姆把它紧紧攥在手里，一块光滑、沉重的鹅卵石，照着范尼根青筋直跳的太阳穴砸了下去。鹅卵石伴着一声闷响嵌进他脑袋。他的眼皮抖了抖，整个人像被抽了筋一样软软地扑倒在草地上。

阿姆伸出双臂，用最快的速度接住范尼根的身体，把他抬起来。他的身体还是温的，或许还会抽搐一阵。阿姆蹚进河中，往水深处走去，直到彻骨的河水浸透牛仔裤，刺痛他的大腿根。阿姆一鼓作气，把范尼根朝河心抛去。他落入水中，溅起一片水花，眨眼间就被激流卷走。

阿姆爬回岸边，望着范尼根的身体远去。他的脸朝下，屁股朝上，在河面上浮浮沉沉。没过多久，他已经成了渐窄的湍流中越来越小的一个点。最终他消失在视野里，漂向无边的大海。

阿姆望着水边那个用褴褛衣衫堆成的图腾柱。他猜想这摊东西会让人觉得范尼根的举动是经过了深思熟虑；它会告诉人们，范尼根是出于恐惧动了自杀的念头，然后煞有介事地脱掉一身破烂，一头扎进穆尔河。阿姆捡起砸死范尼根的那块鹅卵石，把它装进口袋。他告诉自己，范尼根头上的凹痕会被认为是尸体撞击河床所致。范尼根这个酒鬼，这个废物，阿姆想，恐怕除了他的母亲，再没有人会深究他的死因，包括警察和验尸官。

阿姆转身往回走，一路上尽量踩在石头上，同时抹平下坡时踩在淤泥上的足迹，只留下范尼根的清晰鞋印。他套上运动鞋，从河堤护墙外探出头来。没有车，也没有人。他翻过墙。iPod 还在外衣口袋里响着。他的衣服上沾了棘刺和裹着树液的细碎树枝。他掸了掸肩膀和袖子。

阿姆戴上耳机，套上外衣兜帽，继续往郊外走。裤子一路滴着水，走着走着干了。最终他来到俯瞰沙滩的熟铁栏杆旁。这些栏杆饱经风雨侵蚀，在海风肆虐的地方只剩下裹着层层铁锈的细条。栏杆外是河水流经的小丘和沙洲，沙滩在月光下呈现出温润的蓝色。阿姆长久地注视着翻滚的浪花，目光追随每一层海浪，看它们如何涌起，如何像城墙般拔高，再如何崩塌。

将近四点阿姆才转身往镇上走。两个不满二十岁的小伙子在路的另一侧迎面走来。阿姆摘下耳机，其中一个小伙子正向同伴吹嘘，说自己差点儿把另一个小子的脑袋揪下来，也不知是在酒吧、俱乐部还是其他什么地方。吹牛的那个挥舞着拳头，笨拙地击打着空气中的假想敌，他的同伴咯咯笑个不停。两人对阿姆视而不见。他走在道路临河的这一侧，水声在耳畔响起。他忍不住侧耳倾听，生怕河面上传来一声呼救、尖叫或咆哮。阿姆几乎可以肯定范尼根已经死了，但他依然怀有一丝噩梦般的忧惧，担心范尼根会逃脱尘世的规则，奇迹般地起死回生。

然而，水在说："嘘——"

风在说："哈——"

不远处的城区传来出租车低沉的轰鸣。它们宿命般地绕着圈，穿透黑夜的残躯。

阿姆的父母到了一把年纪才有了他，一个独子。独生子女在这里很少见，普通家庭都会不断地生儿育女。阿姆的母亲是个教师，生他的时候四十二岁。那年他的父亲已经五十岁了。父亲为本地一家面包厂工作，沿着西海岸送了三十二年的面包；每天傍晚他走进家门时，身上总带着一股肉桂和葡萄干的香味。阿姆上小学的时候父母的头发就花白了。在他的成长过程中父母无微不至、悉心教导，阿姆偶尔会觉得，父母或许并不是迫于邻里人丁兴旺的压力才生了他。好心肠的梅耶和特雷弗·阿姆斯特朗。阿姆跟他们一直相处得很融洽，也许太过融洽。彼此间太客气，从不有话直说。他们知道阿姆有事瞒着他们，却从不过问。他们宠爱杰克，也盼着厄苏拉成为他们的儿媳。他们总埋怨阿姆没能留住这么一个可爱的姑娘。

阿姆成天和小丁混在一起，他们看在眼里，却一句话也不说。

他们总是不愿去设想儿子最坏的一面，这是他们唯一的错。

次日清晨阿姆醒来的时候，他听到他们在楼下的厨房里做早饭。这些日常家务的声响让阿姆想到范尼根的母亲——如今她在这世上已是孤身一人，自己却还蒙在鼓里。他从床脚边掏出一瓶尊美醇威士忌，灌了几口漱了漱口，希望摆脱这种无谓的感伤。

阿姆冲完澡，套了件白色汗衫，披上帅气的牛仔衬衣，出门往多里家走去。低矮的天空中层云堆叠，颜色和纹理都酷似新鲜的动物脂肪。厄苏拉的母亲站在屋外，正把购物袋从家用沃克斯豪尔 ① 的后座往下拿。

"要帮忙吗？"阿姆双手插兜，站在路边问。他随身带着那块沾有范尼根血迹的石头。他还没想好要去哪里以及如何处理它，在那之前最好还是随身携带。

玛格丽特·多里看了阿姆一眼。她长着一张瘦削、冷峻的脸和一双不留情面的浅蓝色眼睛。她的目光似乎正直直地穿透他。

"道格拉斯。厄丝 ② 和杰克不在家。我用不着帮忙。"她说。

---

① 英国汽车品牌。
② Urs，厄苏拉（Ursula）的昵称。

"他们去哪儿了？"

"镇上的农场。"

"那我也过去吧。你看行吗？"

玛格丽特愣住了。他看得出，她没想到他居然会征求她的意见。

"道格拉斯，我觉得应该没什么问题。"

阿姆把手从沉甸甸的口袋里抽出来，礼节性地挥了挥手。玛格丽特·多里连眼皮也没动一下。

小屋里一个人也没有。房间里飘出广播的声响，窗台上枯黄的花叶瑟缩在微风中。通往马场的步道上散落着新鲜的马粪。厄苏拉和杰克背对着阿姆趴在围栏上。杰克穿着蜘蛛侠夹克，踩在最低的第三根木条上，正冲着刚刚完成一圈优雅慢跑的马和驯马师欢叫。阿姆悄悄潜到他身后，猛地抓住他的肩膀，杰克却泰然自若，似乎他早就知道阿姆会在此刻"突袭"。没准他真的知道。从任何角度看，这个孩子都是一个谜。

阿姆轻轻捏了一下他的小脸蛋，然后又向厄苏拉的脸伸出手去。她扇开他的手，皱起眉头瞪了他一眼。

"我没想招惹你。"他说。

"你来这儿干吗？"她说。

"你妈说你们在这儿。"

驯马师骑着马踱过来。她翻身下马，朝围栏走来。

"你好，杰克，"她招呼道。然后她转过头看着阿姆："嗨，打拳的。"

"你好。"

"嗨，"她对厄苏拉说，"你是杰克的妈妈？"

"是的。"厄苏拉说。

"我叫丽贝卡，这里的驯马师。"

"你之前在这儿见过道格拉斯？"

"道格拉斯？对，他来过。他来这儿晃了一圈。"

厄苏拉看了阿姆一眼。

"我喜欢马。"他说。

杰克向马伸出手去。他的手指拼命地往前伸，迫不及待地扭动着，似乎这个活物是一件他可以装进口袋的玩具。那匹马扭头望着开阔的马场。它抽动着一只耳朵，注视着目之所及的远方。白云在内芬山的峰峦间翻滚。小丁叔叔的农场就坐落在山脚下一片与世隔绝的洼地上。阿姆眯起眼睛，隐约可以看出那里的屋舍。

"想骑马吗，道格拉斯？"丽贝卡问。

"哦，不用了。"

"上呀。"厄苏拉说。

阿姆看了看眼前这个女人，又看了看牵马的女人，她们脸上写着同样不容反驳的坚决。就这样，两个成心让他出丑的女人成了盟友。

"看样子我已经没的选了。"他咕哝着翻过马场的门。

丽贝卡大笑着拉紧缰绳，把马牵到他的面前。

"好，现在你从这边上马……脚踩在这儿，翻身上去。别怕，可以抓马鬃。"

"它不疼吗?"阿姆问。

"随便你怎么抓，没问题的。"丽贝卡说。她伸手轻抚着马修长的下颌，让阿姆自己摸索着上马。

他把左脚套进这一侧的马镫，向下踩紧皮带。然后他攥住一束马鬃，把自己往马鞍上拉；他的右腿蛙泳似的在空气里扑腾，直到他抓住另一侧的马鞍下沿。这下阿姆稳稳地坐上了马鞍。他握着鞍头，在硬皮坐垫上挺直腰板。从马背上看，这匹马的体型似乎大了一倍。

"好。现在我带你走一圈，先慢点儿，"丽贝卡说，"我在前面牵着马，你只要放松坐稳就行了。可别掉下来。"

"看啊，看你的傻爸爸。"阿姆听见厄苏拉说。

杰克紧紧地咬着木栅栏，看着这个"半马半爸"的怪物晃晃悠悠地站稳脚跟。他无动于衷地眨了眨眼。

丽贝卡牵着马走进坑坑洼洼的场地。阿姆在马背上左摇右晃，马身的肌肉条条分明，遒劲有力。马越走越快。

"好，现在我们要加速了!"丽贝卡喊道。

阿姆望着她头顶跃动的鬈发，望着发丛中央蜿蜒的白色分缝线。忽然之间，缰绳从她手里脱出，马肩如离弦之箭从她身旁掠过。马开始奋蹄狂奔。阿姆在马鞍上起起落落，东倒西歪。他勉强抬起头。丽贝卡已经不见了，应该已经远远落在了后面。缰绳飘了起来，在紧绷的马头侧面忽隐忽现。内芬山在阿姆的视野里剧烈地起落。

阿姆把脸贴在修长的马颈上，随着它上下摆动。他闻到马皮上丝绒般的潮气，还有被隆隆的马蹄踏碎的青草和黑色土壤的甜味。"停，"阿姆呻吟道，"停，停，停。"

他想起了范尼根——他的身体白得像幽灵，躺在浪尖，漂向大海。

他们朝着马场远端的围栏冲去，马直到最后一刻才调转方向，甩出一道弧线，狂奔着沿原路折返。丽贝卡站在马场中央拼命挥舞双臂。马径直向她跑去，渐渐收势为小跑。

丽贝卡一把抓住晃动的马缰，使劲把马头往下拽。这个动作就像把车挂到空挡一样立竿见影。这匹牲口迈起凌乱的碎步。在两段冲刺之后，阿姆有了一种飘浮的感觉。他的骨头像散了架似的，肾上腺素飙升，嘴里一个劲儿地傻笑，声音尖细又怪异，仿佛来自别处。疾驰中迎面而来的风吹得他眼泪直流。

"你刚才演的是哪一出？你嗖地就冲出去了，像独行侠①一样！"厄苏拉喊道。她的手搭在杰克的脖子上，孩子的牙齿依然咬着木栅。

"我靠，对不起哥们，"丽贝卡说，"它刚才受惊了。"

_____

① 美国西部片中戴面具的牛仔形象。

"我什么也没干。"阿姆同时向两个女人解释道。

"你不是故意吓它的,"丽贝卡纠正道,"我不该让你上马的。平常只有我和孩子骑它。你的气味和重量对它来说属于另一种生物。对不住了,道格拉斯。下马吧。"

"没关系,"阿姆说,"我没事儿。"

他颤巍巍地从马背上翻下来,尽量表现得不失风度。

"你完全可能摔断脖子。"厄苏拉没心没肺地添上一句。

阿姆朝她皱了一下眉。他把胳膊肘靠在围栏上,前额贴着交叉的手腕。在手臂、头和胸构成的狭小空间里,他听着狂跳的心脏渐渐平复。阿姆知道,此刻伸出任一只手,它一定会颤抖不已。一滴眼泪从他的睫毛滑落,掉在面颊上,画下一道灼热的印迹。

丽贝卡在他身后几步之外。阿姆感觉到她正看着自己。

"你在拳击场上被击倒过吗?"她说。仿佛她能读懂他的心思,知道他想换个话题。

阿姆摇了摇头,前额依然靠在手腕上。

"我猜也是。"她说。

"我挨过很多拳,"阿姆擦了擦眼睛,"但从没被真正击倒过。"

"我带他回家吧,如果你没意见的话,"阿姆对厄苏拉说,"我先带他去'超级汉堡'① 吃一份汉堡加可乐。"

---

① 爱尔兰快餐连锁店,供应牛肉汉堡、薯条、炸鸡、鱼肉和冰激凌等快餐食品。

"别给他吃那些乱七八糟的东西。"厄苏拉说。

"他还是个孩子。孩子就喜欢垃圾食品。"

丽贝卡拍了拍马灰色的脸。"我得给这个捣蛋鬼喂食物和水了。"她说，"午饭后养老院会送一拨人过来。"

"祝你好运，"阿姆说，"希望这家伙不会把你摔下来。"

"不会的。"丽贝卡说，"我们下周见，杰克。"

杰克松开嘴，木栅上留下一摊口水和一圈牙印。

阿姆把杰克带上主街。杰克意识到要去哪儿，越发兴奋起来，欢叫着一个劲儿往前冲。阿姆用一根指头勾着他的衣领。

"别急，"他叮嘱他，"别急。"

小丁打来电话。"头还疼吗，兄弟？"

"还行，"阿姆说，"刚带着小家伙出来。"

"我浑身发软，整个人都轻飘飘的。老天，我们昨晚一瓶接一瓶地灌威士忌，就跟喝水似的。"小丁轻笑道。他慵懒的声音里透着一种愉悦的疲惫。小丁很享受这种宿醉。他沉浸在晨雾一般逐渐消散的醉意中，在客厅的沙发上一躺就是一个下午；他会盖上一条羽绒被，像理发店的围布一样在脖子上扎紧；他喝两升装的芬达，一盒接一盒地看录像带。

"带小杰克出去了？"

"没错。"阿姆说。

"什么时候能完事儿?"

"很快。"

"好,好,我一会儿开车去接你,没问题吧?"

"没问题。"

"我知道你没问题,其实也不是什么大事儿,"他说,"咱们最好去一趟,把事情说清楚。"

阿姆没有吭声。小丁说:"对不起,我靠。你别着急,好好和小杰克玩。"

"我又没说什么。"阿姆说。

"你的沉默是有级别的,阿姆。"小丁说,"我能听出来是我把你惹火了,还是你本来就不爽。无论如何,我可不会得寸进尺。咱俩手里的麻烦都够多了。"

"有时候吃不了还得兜着走。"阿姆说。

"没错。"小丁说,"说到这个,范尼根那事儿,你就别操心了。"

"我没操心。"

"叔叔们嘛,我们总能说服的。要让他们明白,从长远来看怎样才是最好的。"

"你昨晚可不是这么想的。"

"啊,我昨晚喝醉了,一时气昏了头。"小丁说,似乎昨晚已经一笔勾销。"好了。我四点去接你行吗?这样你就有足够的时间陪孩子了。"

"好。"

"我知道，"小丁说，"这事儿真是没完没了，对吧？"

"没错。"

阿姆的手指还勾在杰克的衣领上。他们站在过街的斑马线前。稀疏的车流穿过主街，散往各处。邮局的屋顶上方，低矮的云层遮住了阳光，空气中弥漫着下雨前丝丝缕缕的咸味。

杰克跌跌撞撞地往前冲，迫不及待地想过街。他对眼前一闪而过的车辆视而不见，对于它们的危险更是毫无概念。在他眼里它们恐怕连个鬼影也算不上。

"咿——"杰克口里哼唧着，"咿——咿——"

他的动静越来越大，并开始用手掌拼命拍自己的脑袋。

"别闹。"阿姆说，一边伸手护住杰克的头。

杰克一巴掌拍在阿姆的手上，他的指甲嵌进阿姆的肉里。五秒钟后，附在他身上的梦魇消失了，他松开手。又过了五秒钟，他重新兴高采烈起来。

进了"超级汉堡"，阿姆和杰克跟往常一样坐在靠门的卡座里。今天是星期六，店里挤满了教会学校的女生。阿姆估计她们这个周末也上学，趁午休时间过来吃快餐。她们一边大嚼一边高声聊天，空气中飘荡着各种香水味儿，手机铃声和短信声此起彼伏。杰克和往常一样，一根接一根地吃薯条，直到吃得精光才开始动汉堡。相邻的卡座坐进了六个女孩，她们的裙子已经挤得重叠在一起。其中两个女孩偷瞄着杰克。只见他把汉堡上层的面饼揭起来，举

到面前，用饼内侧对着自己的嘴，然后转动面饼，把番茄
酱和油脂舔得一滴不剩，最后把面饼放回原封未动的牛肉
饼上。这样就吃完了，这就是杰克吃汉堡的方式。女孩们
笑了起来，然后立即捂上嘴。阿姆没有抬头看她们，只是
微微一笑。他想用这个举动告诉她们：她们可以笑，她们
有理由觉得杰克可笑。因为他确实可笑，他就是个可笑的
小笨蛋。

　　阿姆告诉厄苏拉，下次他想带杰克去看马，还要亲眼
看儿子骑马。说这话的时候两人在厨房，厄苏拉在搅拌碗
的瓷边上打蛋。她把蛋黄在两半蛋壳间倒来倒去，直到把
全部的蛋清分离出去。
　　"你当然想去。"她说。
　　"我不是自己也上马骑了一圈吗？我想看杰克骑一次。"
　　"嗯——哼，"她说，"僵尸一样站在马镫上，两条腿这
么叉着，"她双手撑着屁股，模仿阿姆的动作，"你以为自
己很帅，是吧？"
　　两人斗嘴的时候，他们的脑袋周围闷响不断。杰克已
经脱掉裤子，爬上了洗衣机，正沿着厨房 L 形的操作台巡
视。他熟练地跨过切菜板、微波炉和烤面包机，试着打开
墙上每一个上了保险锁的橱柜。
　　"我该走了，"阿姆说，"再见，杰克。"
　　四点整，阿姆准时来到小区坡下的加油站，这是他平

常的上车地点。他靠着铺了石子的加油站外墙，戴上耳机，等待"垃圾箱"从公路尽头出现。过了一会儿，远处来了一辆车，挡风玻璃后面那个前后晃动的臃肿脑袋必是小丁无疑。小丁停下车，推开副驾的门，往后靠在驾驶座上。他依然醉醺醺的，头皮上一层油汗，脸上红一块青一块。一瓶喝了一半的芬达斜插在手刹后面。小丁举起芬达瓶子猛灌了一大口，使劲揉着眼睛和脑门。

"不好意思来晚了，"小丁抱歉地说，"头还有点儿晕，家里那帮女人又开始找茬儿了。女人啊。千万别问我是怎么回事儿。她们总是没完没了。"

"没关系。"阿姆说。

"我可没心情跑这么一趟，"小丁说，"不过，要对付那两个要命的印第安人，没心情也许是最好的心情。"

他们转眼就出了镇子。他们一路踩着油门，经过镇外农场红顶白墙的谷仓与农舍，穿过绵羊漫步的山丘。羊群缓慢移动着，仿佛爬满了跳蚤的云朵。

"你说，"阿姆问，"赫克托回来了吗？"

"他现在是干柴遇上烈火，你说呢？"

"所以只剩一个在家。"

"如果我没算错的话。"小丁说。他扯着脖子打了个低沉、绵长的嗝。他开起车来像个大大咧咧的小镇男孩，安全带丢在一旁，身子懒懒地靠在座椅上，一只手的掌缘

129

撑住方向盘，另一只手要么打开手机查看短信，要么去拿芬达。

"看样子他们又准备折腾一轮了，"他说，"跟他妈的中学生似的。翻脸比翻书还快。"

"看来被你说中了。"

"他们揪住范尼根的事就是这个目的。好像他们在乎小莉和我们的死活似的。只不过是找个借口跟我——跟我们俩——讨价还价。看样子你最好跟我进去。"

"进屋去？"

"对，去陪我和普迪坐一会儿。让他看看什么叫兄弟同心。"

"你怕了？"阿姆说。

"怕？就凭那两个老东西？"小丁笑了，"阿姆，说句实话，你是我见过的最可怕的人。就算你赤手空拳，也能在两分钟之内把我打昏，这里绝大多数人都不是你的对手。但是我并不怕你。我怎么会怕你呢？"

小丁咕咚咕咚喝了一大口芬达。

他们已经远离农庄，在金雀花环绕的沼泽间穿行。灌木枝条上参差着干硬的棘刺，黄色花朵在泥浆的黯淡微光和成片沼泽的映衬下显得楚楚动人。天空没有一片云。虽只是下午，天色已渐昏沉。

"行，我进去。"阿姆说。

"你坐着就行，什么也不用说，"小丁说，"就那么坐着，你懂的，吓唬吓唬他。"

"这个我最拿手。"

通往叔叔农场的是一段车辙交错的土路，路面深陷在荒草丛生的沟渠之间。"垃圾箱"在剧烈的颠簸中吃力地爬行。农场依山而建，后院的山坡上长着茂密的石楠。叔叔的房子是一栋T形的木制平房，外墙没有刷漆，门廊已经向下凹陷。门廊入口处立着一道铁门，门上没装铰链，而是用蓝色绳索绑在门框上。尽管绳子绑得密密匝匝，铁门依然有气无力地斜倚着。

他们把车停在屋前的空地上。

普迪从屋侧绕过来。他的头上紧扣着一顶棒球帽，胡须还是那么浓密，丝丝缕缕俨然一丛幽暗的灌木，吞噬了整个脖子和四分之三张脸。他挺着瘦削的身体，一边盯着来车，一边用T恤的下摆擦手。

小丁跳下车，拍了拍"垃圾箱"的车顶。

"叔，你好，"他说，"今天的天气真他妈好。"

"来看看这个。"普迪说完就转身消失在屋后。阿姆看着小丁，耸了耸肩。小丁掀开"垃圾箱"的后备厢，拎起装有叔叔那份报酬的钱袋，背在肩上。

屋后有个小院，龟裂的水泥地面通向一间牛棚。牛棚搭得活像个山洞，三面铝皮作墙，正面装了一道门，棚顶覆着瓦楞屋顶。这里已不再豢养牲口，而是改作储藏室，用来堆放各种旧物和破烂：一台翻倒的洗衣机，两台拖着臃肿机箱、屏幕碎裂的显像管电视，一堆长短不一的塑胶管和金属管，各种型号的轮胎，装有各式各样玻璃器皿碎片的纸箱，还有塞得满满当当的肥料袋——里面混装着木屑和褐色颗粒，后者可能是陈年饲料，也可能是其他任何东西。牛棚深处有一扇通往地窖的门，阿姆知道下面就是大麻栽培室。门边放着两个铁丝笼子，笼里关了两条阿尔萨斯牧羊犬。其中一条一见到人就蹦了起来，发亮的嘴在笼子上乱拱，大滴的口水从犬牙掉落到网眼上。另一条狗蜷成一团，趴在笼子的角落里。

"看看这可怜的家伙。"普迪说。

那条狗用前爪捂着嘴，呼吸短促。它躺在一张浴室垫上，垫子的边缘密布着一圈齿痕。

"它怎么了？"小丁说。

"吃了只胡蜂。它们从小养成的习惯。每个夏天胡蜂都会在门廊的屋檐下筑巢。我和我兄弟把它们弄死之后，这两个小崽子喜欢在地上找胡蜂尸体吃。它多半是吃了一只还没死透的胡蜂。蜇了它一下，特别狠，蜇在喉咙上或者更深的地方。它的舌头已经肿得不成样子了，从昨天起就趴在那儿喘气。狗也会过敏吗？"

"还真被你问着了，"小丁说，"昨天的事？"

"是的。赫克托没告诉你？"普迪捏住一缕游离在外的卷曲胡须，把它绕在拇指和食指之间。

"没有。"小丁说。

"那个混蛋的蠢货。"普迪说着，转身往前院走去。

普迪领着他们进了前厅。

"你们给兽医带话了吗?"小丁问。

"看情况吧，"普迪说，"坐。"

前厅很小。墙上有个壁炉，炉前放着一只装炉灰的黄铜桶，厚实的炉灰上插着一把铁铲。植绒壁纸①的边缘旧得卷了起来，墙角里也起了气泡，仿佛这间屋子被煮了个半熟。普迪椅子的衬里周围加垫了几层旧报纸，他坐下的时候咯吱作响。

小丁率先坐在前厅的贵妇榻②上，把一张矮小的三脚木凳留给了阿姆。阿姆转身坐下。小心翼翼地坐稳之后，他才发现自己无处放手，只得把胳膊搭在腿上。

普迪看着他，一声嗤笑。

"有的时候，一个大块头除了坐在那儿显得很大块儿之外，什么也干不了，哈?"

他们中间摆着一张折叠式小塑料桌。桌上已经放了一只装着大麻现货的购物袋。小丁把钱袋也放在桌上，紧挨着购物袋。普迪没有打开拉链查验，只是轻轻捏了一下钱

---

① 一种将短纤维粘在纸基上制成的壁纸，有绒布的质感。

② 英文叫 fainting couch，是欧洲 19 世纪流行的一种沙发样式。这种沙发的靠背一侧高一侧低，可坐可卧，主要为女性设计。

袋的皮面。他望着阿姆。

"你的儿子好点儿了吗?"他说。

小丁抬起一只手,但没有说话。他的目光在阿姆和普迪之间来回扫了几眼,最后落在阿姆身上。

"我的儿子?"

"那个小家伙。你的小家伙。不会说话的那个。"

"对他来说,没有'好点儿不好点儿'的问题。"

普迪想了想。

"但他是可以被训练的,对吧?如果这个词更合适的话。"

"是的,我猜。"

"他是个很棒的小家伙。"小丁淡淡地说。

"你从来没把阿姆带进来过,"普迪转头看着小丁说,"这是头一回。"

"有问题吗?"小丁说。

"我只不过注意到了,"普迪说,"没问题,头儿。"

然后他说:"我不敢相信赫克托居然没告诉你们狗的事。那个人只关心他在巴林托伯村的幽会。"

"女人。"小丁喃喃地说。

"那女人把他给迷住了,"普迪说,"他还以为是自己把她给迷住了。事实恰恰相反。你们看,他的脑子已经变成浆糊了。那个人在床头堆了数不清的除臭剂和香水。"他的胡须上泛起一道横向的皱褶——普迪在笑。"他隔一天就洗一次澡。他还买了那种小巧的指甲剪。和饲料沾边的活儿他碰也不碰。他连那两条操蛋的狗也忘了喂。"他冷冷地总结道。

"那条狗应该没事吧，"小丁说，"它们什么都吃，简直就是铁打的。"

"如果它还不见好的话，我只能把它带到坡上的灌木丛里去了，"普迪说，"有点儿可惜。不过还他妈能怎么办？"

"那样的话太可惜了。"小丁说。

"那这件事又怎么说？"普迪说。他把手放回钱袋上，用焦黄的手指捏了捏薄薄的人造革口袋。"你知道我一个人在家。然后你把阿姆领进来了。"

"他是我兄弟，"小丁说，"铁哥们。"

"铁哥们，"普迪重复道，"有句话怎么说的来着？贼和贼的交情——长不了。"

"是吗？"小丁说，"你怎么说都行，普迪。谈生意的时候，我就是他，他就是我。"

"说起生意，那个老情圣昨天去找你们了？"普迪在椅子上挪了挪，报纸在他身下咯吱作响，"那个流氓最后怎么着了？"

"你是说范尼根？"小丁说。

"不用问，你的另一个铁哥们，"普迪又笑了，"你快要淹死在一群铁哥们里了，我的侄儿。"

"范尼根已经死了。"阿姆说。

135

小丁笑了，不过只是一声干笑。

"这下你该放心了。"阿姆说。

普迪搓着卷曲的胡须。

"真的?"普迪说。

阿姆站起身。他把手伸进口袋，把那块沾着血迹的石头丢到桌上。石头撞到钱袋，停了下来。

"你自己看吧。上面还沾着那个混蛋的脑浆。"

普迪捡起石头，攥在手里转起来。

小丁又干笑了一声，声音越发地干涩勉强。"他在开玩笑呢。"他说。他的嗓子几乎哑了。

"开玩笑。"普迪说。

"我没开玩笑。"阿姆说。

普迪抬头看了看阿姆，然后对小丁说："他说他没开玩笑。"

普迪转动石头，直到它刚好嵌入拇指和食指间的凹面。他把石头举起来，作势要扔出去。他的食指紧扣住石头的曲面，似乎想达到最大的旋转。然后他把石头狠狠地砸向阿姆的眉心。

小丁一声惊呼。阿姆猛地往后一仰，用手捂住鼻梁。小丁和普迪同时站起来，然后三个人分别作出了反应。阿姆朝眼前的一片混沌伸出手，抓住某人的肩膀。那个肩膀往后一缩，然后小丁脸朝下摔在小桌上。桌子坍塌的同时，他乱蹬的脚绊上了壁炉边灰桶的把手，桶飞向半空。随后，

136

桶砸在地上，扬起一团灰褐色的烟雾。阿姆往侧面迈了一步，小腿重重地撞在桌角上。他咳起来，小丁也咳起来。阿姆转身面向想象中普迪的位置。这时普迪开口了，声音就在阿姆的耳边。

"住手。"

小丁从地上爬起来。他挥着手，想要拨开眼前纷飞的灰雾。他眯起眼睛，透过一片朦胧看着叔叔。

"那他妈是杆枪吗？"他说。

"没错。"普迪说。他背靠着墙，正用一支双筒步枪的枪口对着阿姆和小丁，木质枪托顶在他的髋骨上。阿姆望向小丁，想从他的表情里判断普迪是否认真的。小丁面色苍白地挤出一丝笑容，普迪的表情也如出一辙。在这个瞬间，眼前这一幕似乎是叔侄两人一时心血来潮而共同导演的滑稽剧。

然而普迪依然举枪对着他们。

"放轻松，小子。"普迪对阿姆说。阿姆揉着鼻子，鲜血从石头砸伤的鼻梁上涌出来。

"普迪。别闹了。你他妈干什么呢？"小丁咬紧牙关说。

"我知道你们俩想干什么。"普迪说。

普迪的一对黑眼珠闪闪发光，像充了电一样，目光冷得像一把刀。

"传说中的阿姆。那个不爱说话的，"普迪吐了口唾沫。每当枪口扫过阿姆的肚子，他都觉得腹中的一切灰飞烟灭。

"他一看到你的暗号，就会扑上来。"

"什么？你他妈说什么呢？"小丁说。

"出去，你们两个。"普迪说。

他们小心翼翼地倒退到门廊，再下到坑坑洼洼的草地上。外面天还没黑，空气依然温暖。

"把手举起来。"普迪说。

小丁和阿姆照做了。

"这是个误会，普迪。"小丁继续解释道，尽管他的语气苍白无力。阿姆知道普迪不会相信，即使他相信，也不会放下枪。

"你他妈简直是疯了。"阿姆明知没用，也添上一句。

"不。"普迪淡淡地说。他沉默了片刻，对阿姆说："你把范尼根那家伙给杀了。就那么随随便便地杀了，哈？你以为你是谁？"

"我谁也不是。"阿姆想让他冷静下来。

"没错，没错，没错。你已经露过一手了。"普迪说。

"是你们两个想把范尼根办了。昨天你的肥佬兄弟找到我们，说什么小丁死去的老爸是不会善罢甘休的。"阿姆说。

"拿死人来说事儿，"普迪嗤地笑了一声，"听起来确实像赫克。"

"这他妈都是什么！"小丁大喊道，"你到底什么意思？你想什么呢？我们来这儿就是为了找你麻烦？难不成是来抢你的？"

普迪没有说话。

阿姆把双手举在头的两侧。小丁十指交叉着扣在头顶，一边说话一边左右摇晃着胳膊肘，像在做手势。

"现在怎么说，叔？"小丁说。

普迪吐了口唾沫。

阿姆望向门廊上方，目光越过屋顶。在他们站立的地方和身后的"垃圾箱"之间，他估计，至少隔着十米的空地。阿姆闻到了石楠的气味，看见了屋后山坡上绿色、褐色、紫色的层层波浪——那是蕨类叶片在风中慵懒的起伏。山丘上方，一架小飞机无声无息地划过天空，留下一道白色轨迹，然后它渐渐消散在灰色天幕里。

十米。至少十米。阿姆心里明白，这个距离太远了。如果眼前这个家伙真的动了杀心，无论跑多快也无济于事。

三个人都纹丝不动。沉默，等待。叔叔死死地盯着他们。阿姆听见小丁重重地叹了一口气。

"嗨，叔，"小丁说，"咱们都他妈别闹了。"

小丁放下双臂，朝普迪走去。他伸出肥厚的手掌，挡住枪口，把枪口轻轻往下推。

响声转瞬即逝，仿佛凌空一鞭，把空气抽得灼热逼人，震颤不已。阿姆怔在原地，头晕眼花，耳朵里的血管嗡嗡作响。阿尔萨斯牧羊犬疯狂的叫声从屋后传来，分不清是一条还是两条。阿姆的鼻梁抽动着。他拼命眨眼，想让眼

139

泪冲走刚才扑面而来的沙砾。他的脸很烫。空气中弥漫着异样的气味。小丁一条腿半跪在草地上。他的一只袖子已经所剩无几，手臂下侧有一道黑里透红的豁口，正冒着烟，从手腕一直延伸到肘部。小丁的袖子已经支离破碎，他却依然握着双筒步枪的枪口。那种气味是烧焦的皮肉的气味。小丁的手臂惨不忍睹，可他的腿也伤得不轻。普迪后退一步，从小丁的手里抽出枪管。小丁握紧另一只手——他的左手，朝叔叔挥出绝望的一拳。这个动作牵扯着他的身子往前扑。那条中弹的腿似乎定格了一秒钟，才被大腿上仅剩的骨肉拉扯着缓缓倒下。

　　阿姆转身就跑。他冲得太猛，几步之后就感觉右侧跟腱撕裂，但他不顾一切地往前跑。他倒在驾驶座一侧敞开的车门上。钥匙还插在点火开关上。引擎呻吟起来，像个可怜的婊子。阿姆用力踩下离合，仿佛踩在普迪的喉咙上。他启动"垃圾箱"，开始调头。小丁已经完全倒在地上，身影被车前盖挡住了。阿姆朝农场的入口开去，与此同时普迪从后面包抄过来。普迪大步赶上，瘦削的身子像个鬼影，闪进了阿姆的盲区。侧面的车窗轰然碎裂。阿姆猛踩油门，冲出农场入口，上了土路。路面的车辙猛烈地撞击着底盘，阿姆的下巴硬生生合上，咬破了自己的舌头。地沟里的荆棘从破碎的车窗扫进来。尖利的玻璃碎片如同一把硬币在他的腿上跳跃。

　　阿姆跌跌撞撞地回到大路，一个右急转弯上了回城的

140

路。他随即把挡位推到三挡。出来了，出来了，他逃出来了。阿姆说不清自己开得是快还是慢。

他想：小丁。

他想：我逃出来了。

他想：他妈的。

眼下最急迫的问题是把"垃圾箱"维持在路面上。风在残破的车窗边呼啸。他抬了抬右臂，一阵灼热的疼痛穿透他的身体。剧痛丝毫不减。阿姆感觉一支长矛刺入躯干，一寸寸透体而出。

有一件事需要考虑。但不是现在。

他集中精力驾驶，尽量不去碰右侧的身体。他的跟腱火辣辣地疼。每隔一会儿他就得大口吞下舌头上涌出的鲜血。沼泽中的金雀花丛在风中摇曳。阿姆反复扳动开关，终于把头灯点亮。他透过挡风玻璃紧盯着灯光里出现的碎石路面。

路上再看不见别的车。阿姆告诉自己，普迪没有追上来。他怎么可能追上来？两个叔叔只有一辆车，一辆丰田海狮面包车。赫克托已经开车去了巴林托伯和他的寡妇幽会。

阿姆试着判断形势，但事已至此还有什么好判断的？一切都搞砸了，形势急转直下，全面崩塌，导火索却如此的微不足道。阿姆跟着小丁来了。阿姆和小丁进了普迪的屋子。阿姆告诉普迪，他和他的兄弟口口声声要收拾的人，

141

他已经收拾了。但普迪把范尼根的死当成了什么？一次针对他的演习？多疑的杂种。和这种人打交道，早晚是这种下场。

小镇温暖的灯光出现在眼前。阿姆减速上了主路。前面是通往小镇农场的岔路。阿姆不愿冒险开着伤痕累累的"垃圾箱"穿过主路。农场会是一个停车检查伤势的理想地点。女驯马师丽贝卡早下班了，其他人应该也回家了。

阿姆沿着车道开进农场的停车场，把车停在距离街灯最远的角落。他关掉引擎，把前额靠在方向盘上，同时注意不按响喇叭。飞虫从车窗蜂拥而入，叮咬着他的头皮。气温逐渐转凉。等阿姆抬起头来，黑夜似乎又浓了几分。他试着抬起右臂。抬到锁骨的高度时，疼痛碾过胸口，疼得他闭过气去。座位已经湿了，他起身的时候，黏连的皮面吱呀作响。

他一瘸一拐穿过停车场。他弓着背，这样多少能缓解身上和腿上的痛。月亮已经升起来了，似乎有点儿早。到了农舍门口，一只声控灯泡亮起来。他拨开窗台上的紫罗兰，透过窗户往里看。没人。

阿姆用力把门顶开，踏入逼仄的办公室。屋里摆着一张比卧室床头柜大不了多少的胶合板办公桌，桌后放了一把折叠椅，墙角有个小厨房。厨房台面上有一台微波炉，旁边放着一只大塑料杯，里面斜插着一把像打过蜡的意面。

桌上放着一本活页账簿，桌后的架子上还摆了整整一排同样的账簿；桌上还有一本时尚杂志，封面上一个模特的脸被烟头烫了个洞。阿姆坐下来。他脱掉牛仔衬衫，查看背面。衬衫已经被糖浆似的黏稠液体浸透了，牛仔布料变成了紫黑色，上面散布着清晰的小孔。他艰难地把两条胳膊先后套进衬衫袖子，然后靠在椅背上。他闭上双眼，想看看自己是否会死去，或者至少晕过去。五分钟过去了，什么也没发生。事实上，阿姆只感到饿，肚子里咕咕直叫。他把那杯陈年意面用微波炉直接大火加热了二十秒，用手捞着吃了。装面的塑料杯上沾满了他的血手印。

办公桌有个上锁的抽屉。阿姆稳住桌子，一把将抽屉拽出来。里面存放着女驯马师的私人物品。她的全名——丽贝卡·米利克里——一次次出现在一沓皱巴巴的工资单上，旁边写着他们付给她的微薄薪水。

"米利克里。"阿姆念道。

抽屉里有个红色小铁盒。阿姆把它拿到桌面上掰开。里面有一堆硬币和一百七十五块的零钞。一小笔零用钱。门后的衣钩上挂着一件军需外套。它散发着干草、马粪、马皮以及女驯马师的气味。

阿姆走到屋外。他想起第一次来这里的情景，想起自己为何而来。没能如愿看着杰克骑在马背上，他的心口一阵生疼。

露天猪圈里有十几头猪挤成一团，正在酣睡。插座形状的短粗鼻子里传出大合唱似的鼾声，波浪一样荡漾在肥硕苍白的躯体上。相比之下，旁边用铁丝网围成的鸡舍里简直悄无声息。再往外是用作马厩的谷仓。阿姆拉开谷仓的门闩，打开门，小心地退后几步。谷仓里一团漆黑，深不见底，燕麦和马粪的气味扑面而来。过了一会儿，那匹马哒哒迈着小步，从阴影中浮现出来。

"这次不怕我了吧?"阿姆说。

他伸出一只手，缓缓举到它面前。马甩了甩头，便一动不动了。它的沉默代表着默许。阿姆用手掌摩挲着它鼻子上的纹理，感觉它鼻孔中喷出的热气。一条花园水管一般粗的静脉在白色颈项的肌肉间勃动。

"现在你认得我了。"阿姆说。

他拉开马场的门，马向场地中央跑去。阿姆在它身后隔几步跟着。呼吸很疼，屏住呼吸也很疼，两者之间的区别变得越发模糊。马打了个响鼻，甩甩尾巴，竖起耳朵，似乎在空气中捕捉阿姆无法感知的讯息。最终他意识到，它遥望的方向正是内芬山。

阿姆回想起小丁半跪的画面，想起他的身体如何在瞬间化为废墟。他看见小丁扑倒在草地上。阿姆无法想象下一个瞬间，因为他已无法承受，多一分也无法承受。

仿佛那已是多年前的往事——太阳挂在半空，他和小丁开着忠实的"垃圾箱"前往叔叔的农场。那时的他们满不在乎、泰然自若，无可救药地沉浸在自己的计划中。他们自信有足够的气魄、胆量和头脑去对付那两个古怪的老家伙，以为可以轻而易举让他们屈服。

倒在草地上的小丁。阿姆想起七姐妹，想起她们的母亲琼——她坚韧得像一座山脉，目送着家里的男人——离去。阿姆想对她们说声对不起。他看见自己站在她们的客厅里，两手空空，鲜血一滴一滴落在地毯上；他努力说出的每一个字都如同一只死去的胡蜂从嘴边滑落。

马离开场地中央，迈着碎步回到他的面前。阿姆伸出手。马嘴冒着热气，从他的掌心掠过。一道道月光如水般滑过它的躯体。

"来吧。"阿姆说，然后把马领回马厩。他回到小屋，从门后取下女驯马师的军需外套。正合身。阿姆系上扣子，抓起零钱，回到"垃圾箱"里。

通往巴林托伯的路蜿蜒崎岖，大概半小时车程。两排反光的白色木桩紧贴着路肩。"垃圾箱"毫无怨言地颠簸着，夜晚挟着风声穿过破碎的车窗，阿姆有了一种劫后余生的感觉。他不清楚那个寡妇住在哪儿，只知道她姓米尔金，不过他估计自己费不了多少工夫就能找到她和赫克托。巴林托伯位于大路交叉口，有一个足球场、一个加油站、一间邮局、几间肉铺、八家酒吧，再加上一个指向都柏林 ①的铝制路牌。阿姆挑了一间最破的酒吧，蹒跚着走进去。

_____

① 爱尔兰首都。

145

他搭讪的第一个人就非常热心地为他指路。阿姆原以为要靠女驯马师的零钱才能让对方开口，结果那些钱最终也没离开他的口袋。那人是个退休老头，穿着一双起皮的长筒雨靴和一件钓鱼外套，胸前的口袋上绣了一排缀着鲜艳羽毛的鱼钩，仿佛一排勋章。他甚至主动画了一张地图。酒保是个穿黑衣的秃顶胖子，在一旁默默地看着。阿姆谢过那个老头，说要请他喝杯酒，但老头摆了摆手。

"你这个时间来找她，肯定不是什么好消息，"他说，"祝你好运！"

那栋房子距公路一百米，通过一条车道与公路相连。房子的正前方和两侧竖着城垛一样的高大树木。阿姆从房前缓缓开过，观察着掩映在树丛中的两层小楼。年久失修，骨子里却透出死者般的威严。阿姆在不远处的一条小路上停下车。他的背已经麻木了，只是隐隐作痛。呼吸依然很费劲，有种喘不上气的感觉。阿姆不知道自己是否已经挺过了最难熬的一段，也不知道该流的血是否已经流尽了。

他下了车，车灯留着没关。他顺着小路往前走了几步，然后轻轻捏了一下撕裂的跟腱。疼痛尚可忍受，但想跑起来是完全不可能了。

阿姆听到水沟另一侧牛群的响动，它们壮硕的身体像驳船一样晃悠悠地穿过草丛。阿姆掏出手机。屏幕亮了，只剩一格电。他用大拇指滑动通讯录。他选了"小丁"，按下通话键。他的心扑通扑通跳起来。电话通了，响了几声后进入小丁的语音信箱。*不管你是谁，朋友，请留句话*——小丁的录音，一副呵欠连天、满不在乎的样子。"哗——"的一声之后，是供阿姆留言的三十秒空白。

小路和田野间隔着一道水沟，沟里荒草丛生，在草稀疏的地方能看出一堵矮墙。墙由相互咬合的石块堆积而成。石块错落有致地交叠，没有用灰浆，仅凭自身的重量维持平衡。顶部的一些石块已经滑落到沟里。阿姆在水沟的窄处登上墙，试探着在墙顶站稳，环视四周。米尔金家的房子还隔着三块田，月光下的白墙在树丛缝隙间隐约可见。

两头牛转过身，朝他走来。

阿姆再次低头看着手机。

他把屏幕滑到通讯录的最后一行——厄苏拉·D。阿姆黯然盯着发亮的屏幕，紧咬牙关，竭力克制按键的冲动。最终他拨通电话，却一直无人接听。进入语音信箱时，阿姆挂断电话，重拨了一次。第二声铃响时，对方接听了。

"喂。"厄苏拉说。

"是我。"

"什么事儿?"她说。

"我只是打个电话看看杰克怎么样。"

一段沉默。

"他挺好的。"她略带迟疑地说，似乎拿不准电话里真的是阿姆的声音。

147

"他睡了还是醒着？"

又一段沉默。他打来电话的时间和问题都显得有些反常。

"道格拉斯。"她说。

"嗯？"

"他还没睡。"从她的口气里，阿姆能听出孩子就在她的视线范围内，没准此刻杰克正看着她。当旁人谈论杰克的时候，他自己大多时候能听出来。他已经学会了从纷繁的对话中听出代表自己的那个单音节爆破音。

"他是不是该上床了？"阿姆说。

"还不算晚，"厄苏拉小心翼翼地回答，仿佛他们在用某种密码对话，"快到他的洗澡时间了。"

"然后就上床。"阿姆说。

"然后就上床。"

"那就好，"阿姆安心地说，"你现在干什么呢？"

"我？"

"是的。"

又一阵迟疑。在电话嗡嗡的背景音里，他隐约听到一阵骚动。阿姆想象杰克光着腿从一个角落爬到另一个角落，四处寻找掉落的面包屑。

"没干什么。洗衣服呢，"她说，"每天不都得洗完这堆山一样的衣服吗？"

"对不起。对不起打扰你了。"

"没关系。"她说。

"今晚还看书吗？"阿姆说。

她清了清嗓子。"如果能抽出空儿的话，或许会看上半个小时。"

"你会的。你应该读书。"阿姆说，语气尽可能地平静、诚恳。"知道吗？你最后一定会成功的。"

"希望如此。"她说。然后她问："道格拉斯，你没事吧？"

阿姆从她的问题里听出了一丝笑意。阿姆的电话不期而至，她答起话来难免有几分戒备。不过两人说到现在，阿姆猜想，她已经确定他只是心血来潮，并没有恶意。这让她多少有些困惑。

"哦，没事儿，我很好。我只是在想，今天差点儿被那匹该死的马害死。"

"哦，"她扑哧一声笑了，"没错。精彩极了。"

"那家伙似乎不太喜欢我。"

"它的直觉很准。"

"别开玩笑。你可不想看到我摔断脖子。"阿姆说。

厄苏拉不置可否地哼了一声。

"你肯定不想那样，"阿姆说，"你准备对我重燃旧情了吧，宝贝？"

她假装厌恶地发出嘘声。

"闭嘴，阿姆，你就是想说这个？"

"我想说的是，"阿姆说，"很抱歉我一直没陪在你身边。"

"你从没让我清静过。"厄苏拉淡淡地说。

"我是说我没能帮上忙，"阿姆说，"你应该过得更好。"

"每个人都应该过得更好，道格拉斯。"厄苏拉不耐烦地回答。她的声调忽然变低，注意力似乎又转到别处。阿姆可以肯定她的目光再次落在杰克身上。

"如果能重来一次的话，或许另一种选择会更好。"

阿姆听见她叹了口气。"这话什么意思？"她说。

"没什么。好了。我不烦你了。"阿姆说。他的声音沙哑、低沉，几乎微不可闻。他听上去很遥远，即使他自己听来也是如此。

"好吧，道格拉斯，"她说，然后有些恼火地问，"你在哪儿，阿姆？你那边怎么一点声音也没有？"

"我在外面。在一块田里。我正盯着一群牛，牛也盯着我。"

"好吧，"她说，"祝你玩得开心。"

"谢谢。"

又一段沉默。最后她说："好了，我最好接着干手里的活儿。就这样吧，晚安。"

"再见。"阿姆说出这个词的时候，电话已经断了。

他回到"垃圾箱"旁边。后备厢里有个工具盒，里面有一把榔头。阿姆再次翻墙越过水沟，开始穿越田野。

在穿过最后一块田的时候，阿姆看见赫克托的海狮面包车就停在房子的这一侧。除了成行的榆树，挡在他面前的只有一堵一米多高的水泥墙，这个高度只够拦住牛群。阿姆一瘸一拐地悄声穿过院子。所幸没有狗。一楼有间屋透出灯光。屋里没拉窗帘，但挂了网格布帘。阿姆走到大门前，敲了敲门。很长时间都没人应门，于是他又敲了几下。这次赫克托开了门。他眨了眨眼睛，望着阿姆。

"你的兄弟真他妈疯了。"阿姆说。

赫克托赶紧关门。门还没关上，阿姆就在他的肚子上结结实实揍了一拳。

赫克托弯下腰，上气不接下气。阿姆抓住他的肩膀，以免他摔倒在地。

"老天，道格拉斯。"赫克托缓过来，气喘吁吁地说。

"他跟你说了吗？"阿姆说。

"谁？"

"普迪，"阿姆说，"刚才发生的事。"

"什么？普迪？没有。"

"谁啊？"里面传来女人的声音。

"我这就进去。"阿姆说。他把此前插在裤子后面的榔头拔出来，用尖头抵了一下赫克托的脸，然后插回身后。

赫克托惊慌失措地说："道格拉斯，不管发生了什么，咱们有话好好说……"

"好好欢迎我吧。"阿姆说。他一把推开赫克托，迈进门内。大厅里弥漫着令人愉悦的炭火气味。左边是客厅，右边是楼梯。赫克托看到自己别无选择，只得强装镇定，领着阿姆进了客厅。阿姆放慢脚步，尽力掩饰自己的脚伤。

寡妇米尔金站在壁炉前，手里握着拨火棍，正在拨弄或是假装拨弄炉膛里跳跃的火苗。她的胸前佩戴着一枚银质胸针，上面镶了一颗泛绿的宝石。她穿着红色和锈棕色相间的裙子，那种把全身裹得严严实实的样式——袖口开在手腕处，领口与脖子平齐，裙摆将膝盖完全遮住。她长着深褐色的头发，从前额往后梳，用小女孩样式的发箍简单扎了起来。她没有化妆，脸上布满鱼尾纹，但就一个老女人而言，阿姆想，她还算好看的。她的模样似乎有几分眼熟，不过所有上了年纪的女人在阿姆眼中都没有分别。客厅里摆着三把座椅和一个沙发，都配了法兰绒靠垫。地上铺着地毯，墙上挂着一个十字架，还有一幅加框的肖像画，画里耶稣的目光悲悯而动人。炉火噼啪响着，屋里热得叫人喘不过气来。

"这是你的熟人，赫克托？"

"算是吧。一个侄子的朋友，也是生意伙伴。道格拉斯，这是梅尔。梅尔，这是道格拉斯。他以前代表我们郡打过拳击赛。"

寡妇瞟了一眼背靠着门框的阿姆。

"从你的体型就能看出来。"

"赫克托没告诉你我要来吗？"阿姆对她说，"他说没问题。"

寡妇用质疑的目光看了看她的情人。赫克托不敢直视阿姆，他的短粗脖子涨得通红，豆大的汗珠闪闪发亮。

"好吧，他没告诉我。"

"亲爱的，是我的错。"赫克托说。

她把拨火棍挂在炉旁的架子上，优雅地走到客厅中央，合上双手。

"年轻人，你在我们正要喝睡前酒的时候闯进来。我准备调两杯托迪酒①。你也来一杯吗？请坐，你们俩都坐。"

赫克托转身面对阿姆，在一把座椅上坐下。他指了指离阿姆最近的一把座椅。阿姆也坐下来，女驯马师的军需外套被他的胸肌绷得紧紧的。

"给他来一杯，"赫克托对寡妇说，"再顺便给我们切几块果子面包，亲爱的。"

寡妇转身去了厨房。

赫克托坐在椅子上看着阿姆。他把一只手伸到嘴边，咬起了指甲。"有什么话就说吧，"他缓缓地说，"不过小声点儿。她跟这件事无关。"

"你就不能让这个老太婆出去吗？"阿姆说。

赫克托皱了皱眉头。"这可是她的家，蠢货，"他吃痛

---

① 在威士忌、朗姆酒或白兰地等烈酒中加入热水和糖调成的热甜酒。

似的露出牙齿，又舔了舔嘴唇，"但我们可以离开这儿，小子。我们可以换个地方谈。"

"不行。"阿姆说着站了起来。这把椅子让他很不舒服。

赫克托的眉毛拧成一团。"别，"他说，"别在这儿。"

"她有钱。"阿姆说。

"到底出了什么事儿?"

"今天是提货的日子。所以我们去了。和以前一样。但是你的兄弟疯了，那只老狐狸。一言不合就把枪亮出来。他拿枪指着我们，赫克。"

赫克托的目光闪烁，似乎穿透阿姆，努力分辨着远方的什么东西。

"小丁，"阿姆接着说，"他朝小丁开了枪。他朝他开了枪。他——朝他——开了枪。我逃出来的时候他还朝我开了几枪。"

"小丁现在在哪儿?"赫克托问。

"我最后看见他的时候，他的情况不太好。事实上，他的情况很不好。那一枪结结实实地打在他身上，距离还不到半米。"

赫克托把一声呻吟憋进喉咙里。他往后靠在椅背上，怔怔地看着炉火，一张大脸涨得通红。

"这个老太婆有钱，对吧?"阿姆又问了一遍。

赫克托眼神中仍有几分恍惚。

他终于开口："我需要找我那该死的兄弟谈谈。"

"他已经在去廷巴克图 ① 的路上了，"阿姆说，"或许他给了自己一枪。无论怎样，他已经扔下你不管了。"

　　寡妇回来了，她手里的银质托盘上放了三杯热气腾腾的酒和两大块切成三角的果子面包。她递给阿姆一杯酒和一个小碟，再把一块面包放在碟上。赫克托也是同样待遇。然后她回到壁炉边的座椅上。

　　"我只喝酒。"她说。

　　"这是什么味儿？"阿姆把酒杯端到面前，问道。

　　"丁香，"她说，"尝尝。"

　　阿姆抿了一口。"威士忌。"

　　"托迪酒就是用威士忌调的，"她说，"你那杯要淡一些。刚才我在厨房里想，你开车过来的时候横穿了整个郡，待会儿还得开回去，所以我调得淡了些。"

　　她脸上挂着淡淡的笑，目光从阿姆移向赫克托。

　　"这个小伙子真的不是你亲戚？我觉得你俩长得有点儿像，不过也可能是我先入为主了。"

　　"不，不，亲爱的，"赫克多努力挤出一丝笑容，"他只是跟着我的侄子做生意。我们看起来有点儿像，是因为我们都很帅。"

　　"好吧，赫克托，或许是这么回事儿。"寡妇米尔金呵

---

① 西非马里共和国的一座城市，位于撒哈拉沙漠南缘、尼日尔河北岸，历史上曾是北非阿拉伯人、柏柏尔人和黑非洲黑人文明的交汇点。欧美人常将廷巴克图想象为神秘之地。

呵笑起来。阿姆看出她已经有几分醉意。她从酒杯上沿看着阿姆，喝了一口酒。

"我能问问是什么事这么急吗？"

阿姆没心情回答这个问题。赫克托望着他，搜肠刮肚地找词儿。

"嗯，看样子农场上可能发生了意外。"

"意外？"寡妇正色说。她的手颤抖着握住胸针，目光又从赫克托转向阿姆。

"我们必须走了，现在，亲爱的，"赫克托继续说，"我说的是我和道格拉斯。我不想让你担心。"

"到底出了什么事？"她问。

"具体情况还……嗯……不是很清楚，"赫克托吞吞吐吐地说，"我们还不清楚到底有多严重。"他把面包碟轻轻放在椅子的扶手上，站起身。阿姆也把杯碟放下，猛地站起来，一阵撕裂般的疼痛掠过他的身体。

"赫克托，到底怎么回事？"寡妇质问道。赫克托紧了紧皮带，往前迈出一步。"快他妈走吧，道格拉斯。"他吼道，然后从阿姆面前横着走过去。他虽然挺着胸，却满脸紧张，似乎时刻期待着阿姆的拳头。赫克托走到了门口。

"你再敢往前迈一步，我就把你他妈的两只脚踝都打断，赫克。"阿姆说。

阿姆以为寡妇听到这话会尖叫，至少会害怕，但是她却像中了邪一样盯着他刚离开的座椅。她面色苍白，目瞪

156

口呆。

"你到底怎么了？"她用颤抖的声音说。

阿姆回头看了一眼那把椅子。一块紫红色的血迹已经浸透了坐垫。

"啊，我的上帝，你的气色糟透了。你的情况糟透了。"寡妇说。

"梅尔·米尔金，"阿姆说，"对不起。我刚才骗了你。不过，如果说我骗了你，这个穿针织衫的鬼鬼祟祟的王八蛋也骗了你。"阿姆掏出榔头指着赫克托。赫克托拉长着脸，一副气急败坏的样子。

"赫克托。"寡妇说。

"梅尔·米尔金，"阿姆继续说，"这个骗子在干什么？捧着花来看你，一副春风满面、迷人的样子。花几个小钱打理这栋房子，在城里给你买一两件好东西。其实他在耍你。他是蛇蝎心肠。你把一条蛇放进了屋。"

寡妇眼睛盯着赫克托，耳朵却在听阿姆说话。

"他想要你的钱。"阿姆说。

"钱。"寡妇说。

"是的。钱。你的那些钱。快给我拿出来。"阿姆说。

"钱。"她重复道。

"是的。钱，"阿姆说，"这栋房子里所有的钱。阁楼上面，床垫底下，被子里面，我他妈才不管你把钱藏在哪儿。梅尔，不管是纸币硬币还是金子银子，都给我交出来。"

赫克托朝阿姆迈出一步。"你这个操蛋的蠢货。你这个傻逼。钱！你以为她有钱？"

阿姆上前一把抓住赫克托的胳膊，顺势往下一拉。赫克托脚下一软，跪倒在地。阿姆绕到他身后用力一推，赫克托应声扑倒在地毯上。阿姆用那条好腿的膝盖顶住赫克托的背心，让他动弹不得。赫克托冲着厚重的地毯大叫，声音含糊不清。阿姆抓住赫克托的一只手腕，把他的胳膊拽出来，抡起榔头狠狠地砸在他的手背上。

赫克托撕心裂肺地一声哀嚎，地毯的毛也颤抖不止。他拼命挣扎，无奈阿姆用膝盖死死地压住他，即使伤腿的跟腱受力吃痛也不放松。赫克托的挣扎渐渐变成了间歇的扑打。他把头从地毯上抬起来，歪到一侧。他的脸上印满了地毯纤维留下的小坑。

"梅尔。"他呜咽道。

阿姆用榔头的木柄在赫克托的耳后砸了两下，然后用胳膊肘压住他的脖子。阿姆依然紧握着赫克托的手腕。一团壁球大小的紫色瘀伤以惊人的速度从赫克托的手背上隆起。那只手无力地颤抖着。它早没了手的样子，成了一团乱麻般的神经加上碎骨头。

"现在。"阿姆说。沙发和墙之间有个空隙，寡妇就蜷在里面，像个玩捉迷藏的孩子。她看着阿姆。

"你想要我的钱。"她说。

"是的。"阿姆说。

她把胸针摘下来，放在手心递给阿姆。

"这就对了，继续。"阿姆说，同时示意她把胸针放在面前的地上。

"钱，"她说，"我母亲几星期前刚刚过世。她病了很久。"

"梅尔，"阿姆说，"梅尔。你在听我说话吗？事情糟透了，但我们必须要弥补。"

她木然点了点头，眼神惊恐不安。赫克托虚弱地呻吟着，他已经放弃了挣扎，一动不动，只有砸烂的手一阵阵地抽搐。阿姆松开他的手，赫克多又是一声抽泣。

"别管这个家伙。"阿姆说。在寡妇惊恐的眼神背后，阿姆看出她渐渐开始理解这件事。她知道阿姆没有撒谎。他之所以来到这里，确实是因为地上这个男人干了什么亏心事。

"起来，"阿姆说，"起来，米尔金小姐。带我去拿钱。"

"钱。"她忍不住笑了笑，然后赶紧捂住嘴。

阿姆把膝盖从赫克托的背上松开，站起身。寡妇拢了拢裙子，也站起来。阿姆侧到门边，让她先过。

"没必要再折腾了。"阿姆说。

她战战兢兢地从赫克托身上跨过去，走进大厅。阿姆跟在她身后。

"你们这两个臭婊子。"赫克托在地板上骂道。寡妇不悦地皱了皱眉。

"别理他，"阿姆对她说，"他自找的。"

寡妇在大厅回头看了看客厅，神色中有几分茫然，几分恍惚，几分疲惫。她转过身，面对阿姆。她伸出手，小心翼翼地触摸他的上身。虽然她一直守在炉火旁，手却像冰一样冷。

"你受伤了。"她缩回手，把沾满鲜血的指尖举到阿姆面前。

"我他妈已经废了。"他点头承认道。

她抬头望着通向二楼的楼梯。

"我母亲就是在楼上去世的，"她说，"她临终前，他们让我们把她带回家。她的房间现在还是她的，她所有的东西还在里面，一点儿也没动过。"

"所以钱也在里面？"阿姆说。他望着楼梯，一边用余光留意着客厅里的动静。赫克托依然趴在地上，一动不动。

尽管寡妇竭力控制，嘴唇还是止不住抽动。她低声说："要是房间里没钱怎么办？"

"一定会有的，"阿姆说，"带我上去。"

"房间就在上面。"她说。

"你带我上去。"他说。

她的眼睛湿了。她轻轻搌了一下鼻子。"那些钱，"她说，"假如我把钱给你，会对你有用，是吗？问题就能解决了吧？"

160

阿姆再次想象着那个即将到来的场景：他站在德弗斯家门口，面对着琼、丽莎、小莉和其他姐妹惊愕的目光，一字一句地讲述小丁如何在劫难逃，而自己又是如何弃他而去。无论怎样，他必须做点什么。虽然悲剧无可挽回，他也必须做点什么。

"有用。"他说。

寡妇把手扶在栏杆上，犹豫不决地往上走了两步，然后转过身对着阿姆。

"这不是你本来的样子，"她说，"你只是身不由己，但这不是你。"

阿姆告诉自己要格外小心。这个寡妇胆子很大，她知道自己身处危险，可能会放手一搏。他从心底里愿意相信她。在女巫般僵硬的外表之下，她有一张和蔼的脸。阿姆意识到这张脸让他想起了谁——那两个妇人，他第一次去小镇农场看马时跑前跑后照顾孩子的那两个护工。这让阿姆想到了杰克。他回想起儿子站在攀爬架上，一边舔着油漆斑驳的金属杠，一边欢快地发出怪异的咕哝声和叫喊声。那是这个孩子在孤独世界里的狂欢。

寡妇靠近过来。"你真的已经遍体鳞伤了，"她的声音里透着关切，"你得歇一会儿。躺下歇一会儿，道格拉斯，你的样子就像快死了。歇一会儿，好好想一想。"

"我一直在想。"阿姆对她说。

她抓住他的胳膊。"你什么都还没干呢。"

阿姆反擒住她的手腕，顺势往后一掰。寡妇喘息着跌坐在楼梯上。她握着手腕，脸上浮现出玩具一般漠然的表情，仰头看着阿姆的脸。他想问她到底在想什么，但还没等他开口，她就一声哽咽，抽泣起来。她努力克制自己却无济于事，断续的抽泣声听起来仿佛受刑者刺耳的笑声。看着一个陌生人泣不成声，阿姆想，永远都不是一件愉快的事。

"就快完事了。"

"你什么都还没干呢，"她重复道，"你还没干任何无法挽回的事。"

阿姆伸出一只手——一个礼貌的动作。他的手一动不动，等着她。她还有什么选择？寡妇握住他的手，两人一同上了楼。

进了房间，寡妇颤巍巍地摸到开关，开了灯。房间里有一张大床，床上铺着厚实的织锦床罩，纹理间闪烁着金属光泽。阿姆走到床边，低头端详织锦的图案，仿佛凝视着一池静水。细密的褶皱在床罩表面荡漾。

"坐吧，坐吧。"寡妇的声音在他耳边响起。

阿姆坐了下来。榔头从他手中垂下。被罩很凉爽，但坐下的动作引发了胸腔里又一阵剧痛。阿姆咬紧牙关，痛感逐渐消退，取而代之的是一阵突如其来的眩晕。在各种感觉之中，最强烈的是疲惫。他看见寡妇正用全身力气对付床边一个齐腿高的抽屉。她俯身靠在抽屉的一角，从侧面把它从梳妆柜上撞下来。抽屉后面露出白墙，墙上嵌着一个黑色小方框。寡妇拉开梳妆柜的上层抽屉，在里面摸索了一会儿，找出一小串钥匙。她从中挑出一把钥匙，插进黑色方框。装在铰链上的柜门开了。她从里面拉出一只很长的金属盒。阿姆看得出盒子很沉，因为寡妇费尽力气才把盒子拖到地板上。她颤巍巍地跪到地上，用另一把钥匙打开盒子。盒子里装满了成卷的钞票。一卷挨一卷，多得数不清——三十卷，或许更多。还有一些硬币，一些纸张——可能是支票或汇票，但主要还是现金，用橡皮筋绑着的大卷大卷的钞票。

"拿过来。"阿姆说。

他招了招手，寡妇捡起一卷钞票，递到他手里。阿姆松开橡皮筋，钞票啪的一声展开。陈年纸币的霉味钻进他的鼻孔。阿姆抽出一张十元钞票举到面前。十元钞票，却是绿色和棕色的图案。然后阿姆注意到钞票一角的英镑标志——这不是十欧元，而是十爱尔兰镑 ①。阿姆又检查了其他十元钞票，全是爱尔兰镑。

"这是旧钱。"他说。

寡妇仍旧跪在他的面前，一只手不经意地搭在他的膝头，就像熟人的举动。这让他有些忐忑。她的手依然冰冷。

---

① 爱尔兰镑曾是爱尔兰的通用货币，自 2002 年被欧元取代，此后几乎所有商家都拒绝接收爱尔兰镑。爱尔兰镑的货币符号为 £，与英镑相同。

她一句话也没说。

"这是爱尔兰镑，"阿姆继续说，"这钱没法用了。这钱已经作废了。作废了。"

"就只有这些钱，"她说，"你都拿去吧。"然后她又递给他一卷绑好的爱尔兰镑。阿姆想要站起来，却向前跪倒。寡妇低头看着他，伸出双手扶着他的肩膀。

"当心。你现在要去哪儿？"

"我得走了。把手拿开。"阿姆把钞票放回金属盒。他合上盖子，把盒子夹在腋下。

"以你现在的状况，什么也干不了。还是躺会儿吧。"寡妇说。

阿姆用榔头指着她。

"下楼。走。"

赫克托还趴在客厅的地上，纹丝未动。阿姆朝他走过去，弯下腰。他拍了拍他的大腿，然后把一只手伸进他裤子的口袋，嘴里反复念叨着"别动，别动，别动"。他回到客厅，把一串钥匙交到寡妇手里。

"我们走。"阿姆说。

"去哪儿？"寡妇说。

"你开车送我回家。"

阿姆醒来的时候，他感觉已经过去了几个小时。他额头上的汗已经干了。那个装着旧钱的盒子还斜架在他的大

164

腿上。寡妇坐在他身边的驾驶座上，双手紧握着海狮车的方向盘，目不转睛地盯着前方。他们正颠簸在一条漆黑的路上，刺耳的金属摩擦声不断从面包车底部传来。阿姆从车窗望出去。夜空澄澈，星光漫天，仿佛一块剔透的水晶在天幕上被锤打得光芒四溅。

"你开的路对吗？"

"我们要去的是医院，不是你家。"寡妇说。

阿姆什么也没说。她说："我认得乡下的路。虽然我很久没开车了，也没有开过这么笨重的车，但我认得乡下的路。"

"去我说的地方。到镇上去，听见没有？"

"你回去会有麻烦的，"寡妇说，"他们一定会先去家里找你。"

"我倒不在乎这个。"

"至少去看看大夫，道格拉斯，他可以……"

"不行。"

"你至少得考虑一下其他人。"寡妇说。

"其他人是谁？"

"你生命里的那些人。你的家人，道格拉斯。他们希望你活下去。"

阿姆的头疼得像火在烧。他把头靠在车窗上。为了让她闭嘴，他说："我他妈才不管其他人，我只在乎我自己。"

"我一点儿也不信，道格拉斯，"寡妇说，"一点儿也

165

不信。"

　　阿姆再次陷入沉默。寡妇继续说道："我曾有个哥哥，他就是被自己的固执害死的。那差不多是五十年前的事了。汤米。我的父亲养马，汤米帮他驯马。他是家里的老二，当时二十二岁；我是最小的，只有八岁。有一天汤米从马场回到家，走进厨房，他的脸像床单一样白，头发和衣服上沾满了稻草。他的眼神很恍惚。母亲问他出了什么事，他一开始支支吾吾，后来才说一匹马驹摔倒在他的身上。他用一根缰绳牵着它绕着马场转圈，那是一匹身材高大的烈马。在他驯马的时候，那匹马不慎向侧面摔倒，结结实实把他压在地上。汤米浑身发抖，面色憔悴，却听不得别人叫他去看大夫。他是个魁梧的小伙子。他穿着马靴在厨房里走了一圈，在餐桌前坐下。他露出一丝痛苦的表情，但除此之外还算正常。也许正因为如此，当他说自己没事儿的时候，母亲相信了他。为了证明自己的健康，他要了一杯牛奶，一口气喝下去，然后用手背擦了擦嘴，坐在那儿聊起天来。说的什么我已经不记得了，反正就是和我母亲讲些邻里的闲话。母亲边聊边做晚饭。之后他说想躺会儿。这也没什么不正常，因为他早晨不到六点就起床了，而那时候已近黄昏。汤米回到自己的房间。过了一会儿我想起来，便去他的房间看他。他盯着天花板，被子一直拉到脖子上。他的嘴唇发白，紧贴着牙齿，眼睛睁得圆圆的。我问他还好吗，他坚持说自己没事儿，只是累了。

那时母亲已经感觉不对劲，准备去请大夫。可是已经太晚了。汤米陷入了沉睡，再也没有醒过来。"

巴林托伯的灯光渐渐在寡妇的眼前浮现。她小心地放慢速度。虽然车有点儿不听使唤，她还是顺利地把这个笨重的大家伙停在加油站前的空地上。她熄了火，跨进微凉的夜，穿过空荡荡的马路，走进唯一开着门的房子。几分钟后，她出来了，身后跟着一个黑衣胖子和一个步履蹒跚的老人，后者穿着钓鱼外套，胸前绣着色彩斑斓的鱼钩。寡妇走在前面，两个男人隔着几步跟在后面。她领着他们穿过马路，然后拉开海狮车的门。黑衣胖子守在后面，穿钓鱼外套的老人把头伸进车里。他的长筒雨靴在碎石路面上挪了挪，整个上身都探进了车里。老人的手指在车门上有节奏地敲击着。似乎过了很久，他回过头对寡妇说，她猜得没错，车里那个可怜的家伙已经死了。

钻 石

离开都柏林的时候，我的人脉已是一片废墟，我的前途同样一片荒芜，我唯一的想法只是找个地方裹紧衣袖，等待寒冬的到来。我在八月一个明朗的清晨离开，半梦半醒间，火车一路向西，穿过那片似乎可以荡涤我罪恶灵魂的中部平原。天空辽阔无垠，透射出珍珠色泽的光线，硕大的五彩云朵堆叠在天际；云朵下缘沉积着灰色暗条和斑点，酝酿着即将坠落的雨滴。每当我来到车窗前，似乎都看到同一头牛，站在同一片潮湿的黑土地上，凝视着我。也许每头牛的脸上都挂着同样的表情。它巨大的上、下颌机械地反刍着，黑色眼眸里透出同样滞重和漠然的眼神。

我的状况不妙。我酗酒，喝得太多、醉得太频繁，如今终于下定决心戒酒。在都柏林，我因为酒精失去了工作、存款、一群朋友、一个女人，然后是另一个女人。连我的猫也死于心脏病——那是一只名叫"皱皱"的优雅的玳瑁猫，在我又一次外出彻夜狂欢之际，贪吃的它从衣橱底部翻出了一小管受潮的可卡因。"皱皱"的死让我意识到，我即将死于自己之手。那是一种隐约的预感，甚至暗含了一

168

丝期待。我在酒吧迷离的灯光下端详自己的双手——脆弱的手腕，泛黄的皮肤，各种擦伤、瘀痕，还有不明来由的暗红色烫伤。我意识到我在自我毁灭的路上已经走得太远。要么回家，要么死亡。两条路都通向遗忘，但前者至少不是一条不归路。

我三十三岁，故乡已无亲人。父母躺在墓地里，唯一的姐姐几年前去了美国，儿时的玩伴如今都成了路人。最终还是我的中学老校长救了我。老校长被称为"伤感独裁者"，属于那种容易对我产生莫名好感的人。他依然记得我少年时代的辉煌——作为校橄榄球队的明星，我率领圣卡迈克尔男校连续三年杀进省级联赛的决赛并两次夺冠。他为我找了个场地管理员的闲职，并兼任体育老师。我曾是在他的天空下冉冉升起的一颗新星，他拒绝接受我的彻底陨落。我坦承目前的低谷完全归咎于我自身的过失，但他要我相信，用不了多久我就能重回正轨。

我被安排住在学校操场边的一间小屋里，每月能领到一笔微薄的薪水，不仅作为工作的报酬，也是对我保持清醒的奖励。管理员的工作包括维护校内小山周围的花木，确保垃圾箱按时清空，还有每天早晨打开校门，看着一群接一群闹哄哄的孩子蜂拥而入。我剪短了头发，用长袖衬衫遮住手臂上黑色灌木一样的文身。当我巡视领地的时候，我会随身带一只巨大的老式钥匙环，它的叮当响声警告着那些躲在树丛里抽烟的孩子。黄昏时分人去楼空，我会给

169

垃圾桶边徘徊的流浪猫喂食，作为对"皱皱"在天之灵的补偿；流浪猫在我的小屋门口留下带血的雏鸟尸体，作为报答。

我每周教十二小时体育课。体育课很轻松。孩子们喜欢上体育课，因为那只是名义上的一堂课。我坐在边线外的躺椅上，给室内足球赛和排球赛当裁判，只有冲突升级时我才会吹哨。我让不爱运动的孩子当"管理员"，任由他们在体育馆后面干自己的事——看漫画或者做作业，只要球滚过去的时候有人扔回来就行。当那些胖男孩咬紧牙关握着爬绳一寸寸往上挪的时候，我喊破了喉咙为他们加油；我甚至开始珍视孩子们汗流如注的时刻。

"伤感独裁者"让我加入了小镇的戒酒会。会员是一小群对自己厌恶到极点的前酒鬼，每周在镇上的天主教堂聚会一次。我们在日光灯下反复讲述各自不堪回首的往事。我聆听、倾诉，再聆听、再倾诉，如此周而复始。

人们常说，冬天是为了复仇而来。今年的冬天仿佛一场漫长、冷酷而又锱铢必较的复仇。雪片源源不绝，规模前所未见。气温降到了最低点，残雪未消，新雪又至。城边小河在夜里上冻，黎明时分，冰面嘎吱响着裂成餐桌大小的冰块，棱角参差地漂向下游。汽车以十五英里的时速在街上爬行，却仍然无助地剐蹭追尾。每隔一段时间就会有孤寡老人冻死在冰窖一样的公租房里。我在学校的甬道和碎石路上撒盐，但每天还是有孩子跌倒、磕破膝盖或者

170

扭伤手腕。流浪猫死得一只也不剩。等到道路再也无法通行时，成袋的垃圾被丢在垃圾箱里。但无论如何，我仍然坚持参加戒酒会。

十二月的第一个星期天晚上，她出现了。

梅利克是戒酒会的元老，也是第一个上台发言的。其他人要么歪着身子，要么弓着背，坐在几排随意摆放的折叠椅上，抬头望着他。大厅里空空荡荡，墙边有一张桌子，上面准备了速溶咖啡、一次性塑料杯和一盘硬得无法下咽的三角形火腿三明治。三台老旧的散热器在墙边咣咣作响。天花板上的吊灯嗞嗞直响，声音细微而低沉，总让人怀疑是耳鸣。

梅利克七十岁了。他烂醉了五十年，清醒了五年。他缺了三根手指，恰如其分地展现出一位幸存者的模样。和许多幸存者一样，他也不惜把自己当作反面教材。他又一次提到了失去的手指。他一边讲，一边用完好无缺的左手托起残疾的右手。原本该是食指、中指和无名指的部位只剩下了突兀的骨节和发白的瘢痕。我坐在前排，梅利克那张坑坑洼洼的马脸就在我的面前。我能看见他的下排牙齿，如同一只破旧的马掌，遍布着黑色的金属填充物和褐红色的菌斑。

她坐在我的左边。她的脸色苍白，眼睛周围布满皱纹，双手有意无意地模仿着梅利克的动作。她用左手托着右手

171

的手腕，蓝色的指甲很显眼，指甲油啃得一片斑驳。她耸肩低头地缩在椅子里，仿佛预感到有谁会照着她的后颈打一拳。她张大了嘴呼吸，目不转睛地望着正在反刍往事的梅利克。

他是四十一岁那年失去三根手指的，梅利克说。当时他在自家农场的牛棚里锯木板。他喝醉了，酒气里还挟着一股怒气。至于为什么生气，他自然是记不得了。他说自己把木材扔到旋转的电锯上，木屑四下飞溅，也飞进了他的头发、嘴和眼睛里。满屋飞舞的锯末让他眼前一片混沌。就在这时，他的手撞上了锯齿。

事情在一瞬间就结束了，梅利克说。他还没意识到发生了什么，就看见残缺的手上鲜血直冒。他说自己不清楚丢了几根手指，泉涌的鲜血和眼前的金星令他无法思考。疼痛是实实在在的，他说，像是一个独立的生物，与他在牛棚里对峙。他吓坏了，摇摇晃晃地走来走去，满地摸索自己的手指。很快他就感到头晕眼花，心知不妙。恍惚间他在铺满稻草和刨花的地上乱抓，确信自己将失血而死。他晕了过去，但没有死。等到有人发现这场事故的时候，家里的猫（哎，我的"皱皱"！）早已率先发现了那三根断指。其中一根被它啃得只剩下连着指甲的一截骨头，另两根也被它叼走了。

"从那以后，我是否引以为戒？"梅利克问。

没有人作声。我一边整理衬衣袖口，一边低下头，打量起身边的这个女人。她年龄与我相仿，三十出头，或者更年轻，这取决于她之前自甘堕落的程度。

"我一出医院就又掉进酒精中，"梅利克自己回答道，"我连胃口都没有受影响。就这样过了很多，很多，很多年。"

他挤出一丝苦笑。我也还以一个苦笑。我们聚在这里，正是为了聆听劫后余生者的血泪史。

聚会结束了，几个匿名参加者聚在咖啡桌旁。每个人都瑟缩在外衣里，客套地聊起天气。在一小时掏心挖肺的忏悔之后变回常人，大家都如释重负。

"你好。"她对我说。

她长着一头暗淡无光的浅褐色头发，似乎稍不留神就会一夜白头。她有一张圆脸和一双无神的眼睛，鼻子上隐约有一道疤。发白的疤痕笔直地斜跨过鼻梁，像是不小心被绳子擦伤的。她算不上漂亮，但五官中透出一丝温润，一分柔美，这构成了她的迷人之处。

"你是卡迈克尔学校的体育老师，对吗？"

我迟疑了一下，还是承认了。

"西沃恩·马厄。我的儿子在你班里。安东尼。初二。"

我没有说话。她又多余地补了一句："我是他妈妈。"

"哦。"

"来之前我不知道是否可以跟认识的人打招呼——其实

现在我也不确定。"她说。

"戒酒会原则上是匿名的。"

"但实际上做不到，是吧？"

"或许是的。"

"这是我第一次来。"她说。

我们出了门，走进如熔炉般酷烈的严寒中。我拢起手呵着气。大厅位于教堂北侧。教堂的尖顶由地面的射灯照亮，伫立在一排干瘦的榆树之上。在停车场里，车顶和前盖上的积雪已经被冻成了一层闪闪发光的硬壳。

我深一脚浅一脚朝我的车走去，她跟在我的身后。"安东尼的体育成绩不太好，我猜？"她说。

我用拇指搓了搓车钥匙的锯齿，努力回忆安东尼·马厄的模样。他是一个不爱说话、白皙、敦实的孩子，各方面都不出众。在体育课五对五的比赛上，我必须连哄带骂才能让这个笨重邋遢的家伙勉强跑上几步。别的孩子都叫他"安托"，其实他连这个常见的昵称也配不上，因为"安托"多少让人联想到一个爱恶作剧、调皮捣蛋、合群的孩子。

"他总是很努力。"我撒谎道。

我拉开驾驶侧的车门。一团雪从车顶跌落，砸在车座上。这是一辆快要散架的二手车，是"伤感独裁者"帮我找来的。前任车主是一位神父，也是卡迈克尔的前教员。车内依然弥漫着一股我只能用"神圣"来形容的气味——

那是一种甜腻、略带硫磺味的香气，让人联想到献祭或焚香。无论我如何用洗涤剂和喷雾剂刷洗，那股气味还是挥之不去。几个月过去了，它依然让我作呕。

我抬起头，发现她还站在尾灯旁。

"你没事儿吧？"

"天真冷，对吧？"她说，仿佛在回答我的问题。

"上车吧。"

她不假思索地坐进副驾驶座，榆树枝的阴影交错着落在她的身上。

"我住在法罗山小区——如果你顺路的话。"

"没问题。"

我发动引擎，等车颤抖着热起来，然后开车上了路。我把车挂到二挡，小心提防着柏油路两侧的黑色冰凌。地沟里积满了起皱的雪堆，隆起处被尾气熏得乌黑。最初我们两人都一言不发；过了一会儿，她默默地把手放在我的腿上，开始缓慢而用力地捏我的大腿。她的手指放松又抓紧。

"你来这儿多久了？"她说。

"来哪儿？戒酒会吗？差不多五个月了。"

"你已经滴酒不沾了？"

"也不完全是。"我承认道。

"只是酒吗？"她说。

"主要是酒，"我说，"偶尔也沾点儿别的什么。"

"你之前去过外地？"

"都柏林。"

"你在那儿干什么？"

"什么都干。"

"那都干什么了？"

"酒吧。商店。景点。乐队。酒吧的活儿最棒。收入稳定，而且只要没人看见，想喝多少就喝多少。在那种地方，你可以骗自己很久。"

"现在呢？"

"现在，我就干你知道的事。体育老师。"

"强多了。"她说。

"没错。"我说。

我们沿着主街往前开，路过灯火通明的土耳其外卖店，烤架上剥了皮的鸡肉和猪肉在橱窗里旋转。我们连续经过一间、两间、三间酒吧，酒客们站在门口抽烟，有些人冻得缩成一团，有些人却敞开胸口，存心和这滴水成冰的鬼天气作对。他们的脸红得发亮，透出一股窒闷的恼怒，我从中认出了酒精的影子。

她指引我拐上码头路，我们沿河行驶。河水是昏暗城镇里的一抹亮色。水面再次开始结冰，鳞片状的冰凌若隐若现。

"卡迈克尔就在前面。"她说。

"嗯。"我说。不知她是否知道我就住在学校里。

河边的人行道上，两个矮个儿身影向我们走来。路内侧的男孩用围巾挡住脸，双手插在外套口袋里，侧着身子抵御寒风。外侧的男孩则没那么机灵，像螃蟹一样摇摇晃晃，往左边迈个三四步才跌跌撞撞地纠正方向。我又看了一眼第二个男孩，意识到那副矮胖身材和大饼脸正是安托·马厄的。他喝得烂醉，头脸无遮无挡，外衣敞着，膝盖以下的裤腿全湿透了。

"我的天。"她说。她把手从我的腿上抽离。

"那是你儿子。"我试探着说。

"他和他的死党，法雷尔，"她说，"一对坏小子。"

学校运动场附近有一块废弃的区域，有些男孩常躲在那儿喝酒。我猜他俩就从那儿来。

"要停车吗？"我问。

"不用，不用，"她说，"这就是男孩们干的事，对吧？他说要去法雷尔家过夜，看录像带、玩电子游戏。不用说，法雷尔也是这么骗他妈的。"

路上一片漆黑，再加上两个男孩此时的状态，他们认出我、我的车或者我的乘客的概率几乎为零。不过，从他们身边经过时，我还是目不斜视地盯着前方。

"管好自己吧，你这死孩子。"她喃喃地说。

"他更像谁？"我说，"你，还是他爸爸？"

"都像，"她说，"上梁不正下梁歪。"

"他爸爸在哪儿？"我问。

"嗨，"她叹了口气，"他离这儿十万八千里。"她说着笑起来。"我是说真的。他在非洲的一个矿上工作——哦，不对，现在去西伯利亚了，世界上最大的矿。"

她扭头看着我，嘴角带着笑。

"那是地面上一个巨大的洞，差不多一英里深。你可以把这整个镇子提起来放进去。他每年回来两次。"

"这样子你行吗？"我说。

"他回来的那几个星期里，还算个好男人，"她说，"如果只是隔一段时间相处几天的话，他还算个好男人。记得提醒我给你看矿坑的照片。真是不可思议。"

"他们挖什么？"

"钻石。"她说。

"一英里深，"我说，"那一定很热。"

"在这儿左拐……然后右拐。"

我们缓缓驶入山丘顶部的一个住宅区。"就是这儿了。"她说。我在路边停下车。她下车时一言不发。在门廊的灯光下，她把手提包举到面前翻找钥匙。进屋之后她没有关门。我跟了进去。

"你呢？"她说，"你一个人？"

"是的。"

"把女朋友甩在都柏林了？"

"差不多吧。"我说。

我们穿过阴暗的门厅，走进厨房。

她拉开冰箱门，一道透着凉意的光倾泻在地板上，照亮了厨房中央的操作台和餐桌。餐桌下的两把椅子都被拖到了外面，似乎此前坐在上面的人走得很匆忙。

"嗨，猫咪。"她说。一只黑斑白猫从暗处钻出来，横穿过瓷砖地板。

我在一把椅子上坐下。猫钻到我脚下，用小爪轮番挠起椅子的四条腿。

"我猜它喜欢我。"我说。

只听"咚"的一声闷响，一瓶未开封的酒被放在厨房台面上。她拔出瓶塞，倒了一大杯，一饮而尽。我闻到威士忌的气味。我的心怦怦直跳，仿佛在茫茫人海中邂逅旧日恋人闪烁的目光。她又倒了一杯，然后脱掉外套，像个孩子一样让衣服滑落到地上。她一手握酒瓶，一手端酒杯，朝我走来。我没等她伸手，就抢过酒杯一饮而尽。

"学校的人肯定喜欢你。"她说。

"那是他们照顾我，给了我这份工作。以前我是橄榄球校队的，卡迈克尔最风光的那段时间。我很棒。老校长到现在还没忘。"

"在教会女校上学那会儿，我和女同学经常来看卡迈克尔的比赛。那时候修女们还很开明。也许我看过你的比赛。"她说。

她站在我叉开的两腿之间。我把空杯递给她，趁势把

179

手放在她臀部的牛仔裤上。她再次斟满酒杯。

"我记得。"我说。

那是"伤感独裁者"的主意，随后征得了女校校长的同意。他的初衷是吸引更多本地球迷为球队助威。于是每逢比赛日都会有大巴将一群女生拉到球场边，每个人手里都举着自制的印有卡迈克尔和女校代表色的小旗。当然，修女总是寸步不离地跟在女孩身边。但卡迈克尔的男生们依然兴奋地不能自已，毕竟终于有活生生的女性踏入了学校大门。

"你喜欢橄榄球吗？"她说。

"我打得不错，所以我应该是喜欢。"

"我不知道当时是否注意过你，"她说，"我们中某个女孩或许注意过你。我们把自己想成美国高中女生，期待和四分卫坠入爱河。"

"我曾有几个最好的哥们，我们连续五年天天见面，但现在即使在街上擦肩而过，我也认不出他们了，"我说，"所以就算你记不起我，我也不会生气。"

"但那时你确确实实在那儿，而我也在那儿，"她说，"年轻时代的你我。而且我们并不是通过亚当认识的。想想还真是奇妙。"

"已经是很久以前的事了。"

"真的感觉过了那么久？"她说。

"谁说不是呢？"我说。我蜷起右手的中间三根手指，晃动起拇指和小指。"你怎么看梅利克?"我说。

"胆小如鼠的老东西。"

"他只是想激励一下大家。"

"我可不想最后变成他那样。"她说。

我松开手指,伸向她的头发。

我们走进二楼的卧室,她拨亮一盏灯。

"看。"

梳妆台的镜框里夹着一张发黄的图片。那个矿坑。我原以为是一张安托父亲的肖像或者他拍的照片,没想到只是一张从报纸或杂志上剪下的图片。图片是彩色的,左上角配了一段外文。照片是航拍的,虽不是从正上方俯拍,高度却足以把整个矿坑收入取景框。那个矿坑确实是地面上一个巨大的洞。坑边有一个小镇,或者说是一小片低矮的建筑物,沿着矿坑的远端排布。荒凉的气息向四面弥漫开去,逐渐过渡到酷似月球表面的白垩色与暗灰色。茕茕孑立的岩石,兀自飞扬的尘土。没有一个活物,没有一丝绿色。

"真大。"我说。

"也很远。"她说。

她啪的一声关上灯,拉着我的胳膊,带我上了床。我们脱掉衣服,程序化地疯狂做爱,我们的身体在威士忌的作用下扭曲、纠缠。事毕之后,我们仰面躺在一片狼藉的被单下，慢慢喝完残酒。整个过程中，我的一部分注意力始终在意识的边缘警戒着，期待着大门被愤然关上的声音和楼梯上隆隆的脚步声，然而楼下一直如湖底般寂静。

"所以你经常干这种事？"我说，"参加聚会，挑一个感情脆弱的人回家？"

"我想让自己好起来，"她说，"他的酒瘾比我还大，可以说嗜酒如命。这是和他相处的唯一方式。"她晃了晃空酒杯。"然后他走了，能走多远就走多远。他说，只有这样，我们两个才有好转的希望。"

"结果呢？真的好些吗？"

"人们说得没错，这种事你只能独自承受，"她说，"如果身边有人陪着，情况或许会更糟。现在连安东尼也开始酗酒了。"

"他会长大的。"我说。

"但愿吧。"

我们再也无话可说，也无事可做，于是我靠近她、亲吻她。那是毫无邪念的一个吻，落在她的脸颊上。她用手指在酒杯边缘抹了一圈，把最后一滴琥珀色的威士忌送进唇间，然后转身背对着我。过了一会儿，我下床默默穿上衣服。我手里提着鞋，摸黑下了楼。在最后几级楼梯上，我趔趄了一下，膝盖撞上某件玻璃家具——它叮当乱响，混着碎裂的声音。我蹒跚着穿过客厅，把脚塞进鞋里，出了门。我深吸一口气，夜半的严寒灼烧着我的肺，仿佛一种净化。

第二天是星期一，我七点起了床。我套上深橄榄色的外套，在口袋里装了两大把政府发放的融雪盐。我踩着松软的新雪朝学校大门走去，一边走一边往身前撒盐。我感觉还不错，虽然脸上那种熟悉的紧绷感预示着白天的头痛会愈演愈烈。我打开校门，至少还要一个小时才有孩子到校。我穿过马路，走在河边的人行道上。天空中浮现出薰衣草的紫色，一排高耸的白云从大西洋上空缓缓飘来，如冰山般优雅。我决定步行去镇上喝杯咖啡，买份报纸。

路过公交车站时，一辆巴士正要启动。我问司机要去哪儿。是西海岸上靠南的一座小城。虽不算远，我已经多年没去过了。身上的现金足够买一张车票，于是我上了车。到了小镇，我从银行卡里提出所有的钱，住进邻近主街的一间小旅馆。他们问我的名字，我就随口编了个名字，然后用反向的斜体签了字。我先在旅馆的酒吧喝了几杯；到了下午，我又造访了主街上所有的酒吧。第二天我如法炮制。在酒吧与世隔绝的空间里，我感觉自己从游魂渐渐恢复了肉身。

我留心观察酒吧里形形色色的酒客。很容易看出一个人是路过的游客、小酌的居民，还是资深的酒鬼。后者的身体与酒吧台面似乎存在某种契合，他们会猛地用肘尖撑一下吧台，或是不时抬起一侧屁股，让腿上的血液重新畅通起来。与旁人不同，他们每隔一会儿便会唉声叹气，或是无缘无故弹一下舌头，对着空气发难。他们低头盯着破旧的吧台，眼睛里浸满了特有的悲哀和空虚。他们总是形只影单。

　　小城坐落在大西洋的海岸。我在码头间徘徊，铺着鹅卵石的小巷蜿蜒在市中心拥挤的建筑物之间，彼此缠绕成结。城市里随处可见洋溢着节日气氛的彩灯；穿着亮黄色外套、戴羊毛帽的环卫工人手握着略显滑稽的巨大扫帚，把层层冰凌扫进水沟，扫帚的末梢已经染成了黑色。街上四处是趾高气扬的公鸡和一惊一乍的母鸡。戴着面具的艺术家身披锡箔站在街头模仿雕塑，即使严寒也无法撼动他们的沉寂。我的手机里存满了语音留言，有几条来自"伤感独裁者"的秘书，而最后一条来自他本人。他的声音温和、谨慎，语气中透出国家元首般的疲惫。他相信一定是出了某种小误会。他让我给他回电话，只需告诉大家我会离开多久。他叮嘱我照顾好自己。又过了些时候，手机没电了。

　　第二天或者第三天，也可能是第十一天，我遇到了一个金发女人。她有一颗没有脱落的烂牙，已经感染发黑。她直接略过初次见面的寒暄，滔滔不绝地痛斥起一个被她叫做"蜘蛛"的男人。她说他是个胆小鬼，自私，可能有反社会倾向—— 一个铁石心肠却又小气的莽汉，天生没有一丝同情心——但必须承认，他很讨女人的欢心。这位

184

"蜘蛛"惯于拈花惹草，喜欢在女人身上留下自己的印记。她掀起头发，侧过头。她的耳后赫然文着一只栩栩如生的蓝蜘蛛。

"他让我文的。"她说。她坚信这座肮脏的城市里至少有一百个女人身负同样的印记。

在我的旅馆房间里，她掏出左乳房，让我向它道别。她说这个乳房里长满了肿瘤，只有切除一条路。她说自己多半只剩下几个月的时间。她注意到我在盯着她的头发——发丝浅得发白，质地干脆如麦梗，毫无生气。她说自己的头发原本就是这样。她顾影自怜地抚着发丝，说医生告诉她化疗已经没用了。我说我很抱歉，她说没关系。她说自己已经把过去的一切抛在脑后，忘记了多年来的无谓挣扎，只是活在此刻，活在当下；而我作为当下的一部分，应该感到荣幸。

然后，她想知道我的故事。

此时已近黄昏。地板上散落着踩扁的易拉罐和大大小小的空酒瓶，地毯上印着斑驳的酒渍，脏衣服乱作一团。她裸身躺在床上，只披了一件皱巴巴的我的衬衫。我穿着内裤坐在宽大的木质窗台上。暖气烧得很热，我把窗户拉开一条缝。

我告诉她，自己在城里待几天就走，只是回来看看前妻和孩子。我在海外工作，是钻石矿的矿工。她顿时来了兴趣。

"钻石。"她说。

她说我一定很有钱，所以下一杯的酒轮到我请。我不置可否地点了点头。她想知道钻石矿的情况。于是我告诉她，那其实是地面上一个巨大的洞，大到你可以把这整座城提起来放进去。我告诉她，现在采矿基本全靠机器，矿工只需在相对安全的地方操作，但那仍是一项繁重枯燥的工作。我告诉她，在持续不断的钻探和敲打下，大量的尘土扬向半空，严重的时候足以遮天蔽日；无论我们戴多少层口罩和面具，总会吸入一定量的有毒气体。当然事故也时有发生，有人受伤、致残，乃至送命。我告诉她，在几年前的一次事故中，我的一位好友失去了右手的三根手指，现在他只能靠拇指和食指勉强过活。

"我的天。"她说。

"每种活法都有其危险之处。"我柔声说。

"我还能不知道？"她说完，打个呵欠，伸个懒腰，又倒在枕头上。

我们陷入沉默。我透过窗缝倾听着这座陌生城市日渐熟悉的嘈杂声。我滑下窗台，穿上裤子，系上皮带，然后装好钱包。最后我捡起没电的手机，看了一眼空洞的屏幕，抬头告诉她：该走了。

请忘记我的存在

    欧文·多兰独自坐在船夫酒吧的吧台旁。有人推门进来，是伊莱·卡西迪——他的朋友，也是前乐队队友。此前多兰是酒吧里唯一的客人。酒吧侍者是个寡言少语的东欧人，长了一张瘦削的脸，喉结上覆着累累疤痕，头发短得可以看见头皮。自从多兰走进酒馆，侍者的身影始终干练而飘忽。就在伊莱进门前不久，他掀起地上的盖板，扬起眉毛向多兰投来冷峻的一瞥。那个眼神一瞬即逝，然后他悄然消失在盖板下的地窖里。

    忽然之间，多兰成了只身一人。他感觉坐在舞台中央，无可遁形。为了克制这种不安，他精心整理起自己的西装——把袖扣转到与扣眼垂直，再把匆匆打好的领带系紧、定型。他小口喝着啤酒，尽量不去注意吧台上方挂钟的滴答声。

    酒吧大门被吱呀一声推开的时候，多兰本能地朝那个闯入者皱起眉头。当他看清来者是伊莱时，他的怒气因为惊讶又加重了一分。不过多兰很快意识到伊莱此行的目的。多兰用手抹了抹脸，趁机抬头看了一眼挂钟——十一点。

终于到十一点了，他松了一口气。他转身面对伊莱，瘦狗一样的脸上浮现出陌生人或许会误认为亲切的表情。

"欢迎，胆小鬼兄弟。"他拖长了声音说。

伊莱·卡西迪眨了眨眼，皱了皱眉头。他身披一件深色大衣，大雨的气息随之飘进酒吧，从他祖露的头顶和清瘦倾斜的肩膀弥漫开来，仿佛一种传染病。

"你一个人?"伊莱说。他脱掉大衣，露出一身黑西装。

"侍者很快就回来，他刚去地窖了，"多兰说，"喝一杯?"

"那还用说。"伊莱往前迈出一步，回答道。

伊莱润湿的鞋底在酒吧地板上嘎吱作响。他把大衣换到另一只胳膊上。大衣软塌塌地滴着水，仿佛一具失去光泽的动物尸体。伊莱把它堆在多兰身边的高脚凳上，自己依然站着。伊莱看上去很精神：四十多岁的中年男子，剪裁精良的西装，衣冠楚楚。他淋湿的身上散发出清新的气息，但多兰从中捕捉到一股浓重的烟味。那套西装也经不起细看，裤腿上有几道污渍，还沾了几块黏糊糊的秽物。

"你膝盖上沾的是屎吗?"多兰问。

伊莱低头看了看。

"是泥。"

"你摔了一跤?"

"嗯。"伊莱点点头，面色有些阴沉。他看了一眼吧台上那排啤酒龙头，黑色压杆都停留在水平位置。他右眼上方一根细小的血管抽动了一下。"看来我只能在这儿等那个该死的侍者了。"他抽着鼻子说。

多兰叹了口气，把脚踩在凳子最低一级的横杠上，上身越过吧台，肚子顶在台面的斜边上。他扫了一眼地板上的地窖入口，长方形的金属盖板向上敞开，以四十五度角靠在软饮货架上——没有酒吧侍者的影子。

多兰灵巧地把右臂伸到吧台下面，掏出一只啤酒杯，斜着对准一个龙头，然后另一只手按下压杆，稳稳地接了一杯酒。酒杯快满的时候，多兰望着酒吧镜子里的倒影，泡沫涌上杯口，如花绽放。站在吧台外侧倒酒需要全神贯注，就像用左手写字一样。

"好样的。"伊莱接过多兰递过来的啤酒。"侍者不会生气吗？"

"什么侍者？"多兰说。他左右看了看，从钱包里掏出两张五欧元钞票。"谁叫他溜号了。"他把钱放在啤酒龙头边上。

"你最近怎么样？"伊莱说。

"怎么样？有点儿难过，因为我发现自己和你一样没骨气。"

伊莱喝了一大口酒。"好吧，咱俩还真是心有灵犀。"他说。

"胆小鬼的心思都一样。不过是我先进来的，"多兰说，"说明我还不如你。"

"所以你还没上去看看？"伊莱朝窗外扬了扬头。

多兰摇了摇头。他脏兮兮的红发在头顶束拢，扎成了日本武士模样的小辫；他的胡子也明显修剪过。多兰是个矮个儿，宽阔的胸脯下面挺着一个贪嘴男孩才会有的大肚腩。他穿了一套廉价西装，显得整个人四四方方，而且西装还不是黑色，而是深蓝色的。他的领带又宽又短，实在无法恭维，但细看之下伊莱发现领带的印花其实是一个个小骷髅头。诡异、直白的死亡元素，正是多兰的风格。

"你呢？"多兰说，"你上去了吗？"

"我去转了一圈，"伊莱低声承认，"先去了公墓，看看他们会把她葬在哪儿。她的墓地在山丘上。"

"玛丽安娜。"多兰说。

伊莱轻轻摇了摇头——这个动作自然而然，绝非做做样子。"玛丽安娜，"他说，"你是几时听说的？"

"几天前。"多兰说。他抬头看着伊莱，皱着眉头说："我很抱歉。"

"我也是。"伊莱说。

"劳拉怎么样？"多兰问。

"她很好。"

"她知道你到这儿来吗？"

伊莱耸了耸肩。

"那你的孩子呢？"

"我对我三岁的孩子隐瞒了行程，"伊莱说，"你也有自己的小家伙了吧?"

多兰苦笑了一下。"那些日子已经一去不复返了,我几乎可以肯定。"他把一只手摊在吧台上,仔细端详着手指,仿佛只要他稍一走神,一枚戒指就会从天而降,出现在无名指上。"没戏了,"他接着说,"我已经进入了可以靠手淫维生的时期。说实话,我他妈还挺满意的。"

"我才不信。"伊莱说。

"好吧。"多兰说。他抬了抬眉毛,闭上嘴,不再争辩。

多兰的目光再次落在挂钟上。十一点十一分。葬礼将在正午举行。九点刚过他就进了酒吧,没吃早饭,肚子里却充满了忐忑。他想借酒壮胆,然后去参加葬礼。但酒精并没能激发出他所期待的勇气(这一点其实他早就心知肚明),于是他就那么呆坐着。时钟指向十一点,又滴答滴答地往前走,他只是一杯接一杯地喝酒,希望能接受自己的懦弱。懦夫就是懦夫,多兰不无悔恨地想,不过当一个懦夫也需要时刻面对自己的怯懦——勇敢的事往往要来得容易些。

多兰喝了一大口酒,满意地咂了咂嘴。

"每个人最后都得死——这事儿真他妈混蛋,不是吗?"他说。

"嗯。"伊莱咕哝道。

"她的状况不太好,"多兰说,"我之前就听说过。"

"我也听说了。"伊莱说。

"她的状况我们一直都很清楚，不是吗？"

伊莱盯着多兰领带上的骷髅，一行又一行幽深的眼洞。

"我说不好。回忆往事的时候，你会把一件事翻来覆去地想。记忆其实只是你对记忆的印象，是你以为发生过的事。上帝知道我们曾经有过那些起起落落的日子，那些旧日时光。但如果你问我是否想过她会走上这条路……"

"过去我绝不会问这个问题，"多兰打断他，低头看着啤酒杯里翻涌的泡沫，"我在想，她死得痛苦吗？会不会很煎熬？是不是惨不忍睹？"

"老天，这已经不重要了。"伊莱说。

"还是没有痛苦、干干净净地走的？"多兰继续说，"记得那时候有个家伙——我说的是四十年代——一个作家。他自杀了。自杀前总得写点什么，最后抖个机灵。'我准备让自己陷入一场长于以往的沉睡。你可以称之为永恒。'这就是他留在这个星球上最后的话。"

"你想控制这一切。"伊莱说。

"让她见鬼去吧，"多兰说，"让她为自己干的事见鬼去吧。我们的痛苦还远没有结束，不是吗？过去是我们守护她。那段遥远的过去。我们已经为她痛苦过一次了，不是吗？"

"让她见鬼去吧。"伊莱试探似的轻声重复道。他默默转向吧台，抬手揉了揉鼻梁，又揉了揉眼睛。

"对不起。"多兰说。

"有什么好道歉的？你多兰就是这个样子。"伊莱说。

"对不起，"多兰重复道，"你知道，我的臭嘴和我的胆小一样，都是天生的。唯一的解决办法是让我消失。"多兰伸出一只厚实的手掌，拍了拍伊莱的肩膀。"不过你和她走到一起，我一直为你们高兴，这你知道。"

伊莱笑起来。"现在看来那真是个坏主意。"

"那个主意简直糟透了，"多兰咧嘴笑道，"但那时候我们有哪件事做对了？记得在我退出乐队之后，我躲在莱伊什港我老妈家里舔了半年的窗玻璃。你们俩至少尝试过。"

"那段婚姻就是胡闹。"

"那些辉煌的日子，"多兰惆怅地感叹，"我们都曾经放荡不羁，但是你没有。你一直是个好小伙儿。低调，明事理。你确实如此，伊莱——对不起，这听上去像在骂你，但这是真心话。只有她能拖你下水。她有这方面的天赋。"

"我猜她不是故意的，"伊莱若有所思地说，"但她让你心甘情愿躺到马路中间去。"

"那就是和她在一起的感觉？"多兰问。

"那是如何形容和她在一起的感觉，"伊莱说，"但我不知道。我不知道她自己的感觉。一点儿也不知道。"

伊莱喝了一小口酒，多兰喝了一大口。酒吧侍者还是不见踪影，挂钟滴答滴答走着。最终多兰清了一下嗓子，似乎要开始一段致辞。

"她是我们的姑娘，我们乐队的歌手——那就是她。"

他说。然后他举起酒杯，停在空中，直到伊莱举杯相碰。

　　至少这句话伊莱无法否认。二十年前他们还在上大学的时候，伊莱、多兰和另一个朋友普洛因西亚斯·斯坦顿组建了"沉没身影"乐队。多兰是最初的主唱和作词。他翻遍本科生的诗歌合集，拼凑出一些情色泛滥的粗劣歌词；演唱时，他时而嘶吼，时而哼唱。伊莱写出来的才是真正的音乐——明晰的后朋克风格歌词，躁动不安的打击乐；他同时担任乐队的贝斯手。斯坦顿是主音吉他手，有段时间他也负责乐队的运作。毕业后很长一段时间，"沉没身影"混迹于都柏林的音乐圈，玛丽安娜正是在那时以一个不苟言笑的女友身份出现在斯坦顿的臂弯里。不久以后，斯坦顿放弃音乐并退出了乐队，找了个国家林业局的工作。玛丽安娜甩了他，继续留在乐队。伊莱说服多兰让她登台。她的台风不错；她打手鼓，偶尔用颤音伴唱。乐队的鼓手、伴奏吉他手和键盘手换了一拨又一拨，"沉没身影"始终顽强挺立，抵御着时光的侵蚀，直到千禧年带来一丝成功的曙光。他们终于签下一张唱片合约，出了一支流行单曲。媒体报道和歌迷关注接踵而至，甚至还有不菲的收入。接下来便是乐队的末日狂欢：一系列超过百场的马拉松巡演，消耗了他们十三个月的生命，也导致了"沉没身影"的彻底消亡。

　　问题就始于那首流行单曲。在乐队的唱片《地脉》中，玛丽安娜仅有一首主唱单曲。那首歌直到最后一刻才被加进歌单，并被排在了 B 面，没想到正是它一炮而红。

在此后所有的采访和公开亮相中，他们不厌其烦地澄清乐队的风格。其实世界更需要一个魔鬼身材的褐发美人，需要低吟浅唱的清澈民谣，但世界得到的只是多兰，以及他敦实的身体里释放出的嘶吼与愤怒，和他冗长粗粝的歌词。随后经典肥皂剧的情节也不甘寂寞地加了进来：多兰和玛丽安娜一时冲动，睡在了一起。巡演似乎永远不会结束。等到两人关系恶化，玛丽安娜从多兰的床上跳到了伊莱的床上。自从伊莱第一次见到玛丽安娜，他就默默地陷入了恋爱的忧伤；当她投怀送抱时，他明知不会有好结果，却依然屈从于命运的安排。两段恋情没有明显的先后，几乎是同时发生的。在囚徒般的巡演生活中，玛丽安娜交替与多兰和伊莱过夜。没想到的是，多兰竟然是率先退出的那个。巡演进入最后一个月，他在一个寒冷的清晨搭乘早班飞机离开赫尔辛基，回到他出生的爱尔兰中部乡村，回到母亲的怀抱，开始了后来被他自己戏称为"布莱恩·威尔逊①时期"的日子。整整六个月，他把自己裹在法兰绒睡衣里，体重不断增加，不停地嗑药；黄昏时分，他经常坐在后院的花房里抽泣，他把发霉的浴袍系带塞进嘴里，堵住撕心裂肺的叫喊。

在某种程度上为了挽救沉没中的"沉没身影"，伊莱

---

① 美国摇滚乐队"沙滩男孩"的创始人之一，曾因为巡回演出的压力过大而陷入消沉。

和玛丽安娜结婚了。在伊莱的整个音乐生涯里，他一直是个理智、自律的人。他很少喝酒，更不会沾任何毒品，但是等到那段婚姻终结的时候，伊莱对于非法兴奋剂和可卡因的依赖程度已经超过了玛丽安娜——要知道那绝非易事。他们的钱除了换成毒品吸入鼻孔之外，全被投入到玛丽安娜的个人唱片的制作中。唱片取名为《月亮花园》，是一张野心勃勃却缺乏统一风格的概念专辑。唱片的主题是一个虚构的犹太家庭死后的遭遇——这家人是大屠杀的受害者（这一点毫无新意），死后成为拥有超能力的鬼魂，居住在月球中心。在生硬的失真音效、业余的器乐和极度混乱的节拍之下，他们的音乐着实让人反胃。歌词讲述了一段曲折阴郁的故事：家里的鬼魂小儿子和鬼魂女儿在冥界犯下乱伦，然后他们学会如何操控地球的潮汐变化，最终让全球的水系改道，淹没了整个中欧。玛丽安娜的嗓音采用了电声处理，充斥着比约克 ① 式的无休止的尖叫、嘶喊和即兴演绎。唱片的反响差强人意。

他们的婚姻仅维持了十四个月。分手后玛丽安娜留在伦敦，伊莱返回都柏林。那时多兰已从混沌状态中苏醒过来，也来到都柏林。两个男人最终重逢。见面时有几分尴尬，却几乎没有敌意。玛丽安娜和"沉没身影"已成为过去，他们的和解也顺理成章。即使做不回朋友，也无需刻

---

① 冰岛女歌手，糖乐队（Sugercubes）的主唱。

意回避对方。一晃好些年过去了。伊莱成了一个会计，娶了妻子劳拉，生了个女儿。多兰除了音乐之外一无所长，只能重操旧业。他在几支新乐队里厮混，做夜店 DJ，去各种演唱会串场。他俨然一个没落的贵族，每一拨新出道的本地音乐人都迫不及待地想请他喝杯酒，听他讲讲过去的故事。多兰似乎乐在其中。在伊莱看来，这种得过且过、随遇而安、笑中带泪的日子或许是多兰这种人最好的归宿。与此同时，关于玛丽安娜的消息零零碎碎地传进伊莱的耳朵。他听说她再婚了，也有了一个女儿。除了这类标题式的新闻，再没有任何实质性的消息，直到噩耗传来。

多兰说："我也爱她。"

"我知道。"伊莱说。

他望向窗外。雨已经停了。窗户内侧积满了灰，透过玻璃的光微弱而混浊，显得影影绰绰。船夫酒吧的街对面是公墓的外墙，公墓大门开在街的尽头。参加葬礼的队伍会经过酒吧门口，这一点两人都很清楚。伊莱意识到，他们将不可避免地看见那群人，至少会觉察到他们在这一排脏玻璃上投下的绵长身影。

"我看见了她的家人。"伊莱说。

"哦?"多兰说。

"当时我爬上山丘，从小路绕到教堂后面。也许是出于好奇吧。我翻过围栏，从一排小树后面往里看。我的膝盖就是那时候弄脏的。我蹲下身子，透过灌木丛望过去，看

197

见他们进了教堂。"

"你跪在地上？"

"为了不被人看见。"

"哦。"多兰说。

"我正好看见他们。"伊莱说。

这么多年来，伊莱只见过玛丽安娜的父亲一面。那是一次酒店晚餐，从头到尾伊莱都被一种眩晕所笼罩，仿佛在场的每一个人——包括他自己——都是演员扮演的。玛丽安娜的父亲是一个退休律师，当时他就已过耄耋之年。女儿年仅二十八岁，他竟然已经八十六岁。但他依然精神矍铄，动不动就大发雷霆。陪在他身边的是一个打扮入时的五十多岁女人，她显然不是玛丽安娜的母亲。据说她的生母疯了，有医院出具的证明，自从玛丽安娜记事以来她就被关在疯人院里。伊莱对她母亲的了解仅此而已。她还有一个哥哥在香港做期货，但是从没回过家。

伊莱曾问过她，为什么几乎从不提起自己的家人。她回答："我们这家人天生喜欢躲藏。"

"我看见了她的父亲，"伊莱继续说，"他差不多有一百岁了，坐在轮椅上，两边各有一个人伺候。真不可思议。我还看见了她哥哥。那肯定是他，和玛丽安娜长得一模一样。就像把她的脸安在了一个男人身上，让人看了不舒服。我还看见——我相信我看见了——她的丈夫和女儿。但是他们没看见我。即使他们看见我，也不知道我是谁。"

"但是他们知道有你这个人。"多兰说。

"也许吧。"伊莱有些怀疑。他喝干残酒，放下酒杯。他眨了眨眼，眼皮很沉。第一杯酒让他头晕，如果三杯下肚，他就会发起酒疯。他看着地上的盖板。

"那个家伙——他在下面?"他说，"多长时间了?"

多兰揉了揉自己的下巴。"估计他现在已经到他妈的中国了。管他呢，他这是擅离职守。再来一杯?"

伊莱苦笑着估量了一下自己的酒量，说："好吧。"

"好咧。"多兰说。他再次起身，把手探进吧台，摸索干净的酒杯。

"嗨!"多兰听见伊莱说。一个影子在多兰面前晃动。几块冰冷的肌肉擒住他的手，把他的手指捏作一团。多兰抬起头，酒吧侍者讳莫如深的微笑浮现在他眼前。笑容之下，他脖子上蜿蜒的疤痕也仿佛一个诡异的笑。

"不行。"侍者低声警告道。

多兰把手从那人苍白的手里挣脱。

"君子动口不动手。"他甩着手说。

"不——能——自——取。"侍者寸步不让。然后他若无其事地说："你想喝点儿什么?"

多兰点了酒，侍者取出两只干净的酒杯。

"你到底在下面干什么?"多兰朝地板上的盖板点了点头。

"清点库存。"

"好吧。算个好借口。你叫什么?"

"杜基奇。"

"多基什?"

"杜基奇。"

伊莱看着侍者接满两杯酒,然后微倾酒杯,倒掉多余的浮沫。泡沫顺着酒杯外壁淌下来,流进啤酒龙头下的金属凹槽。侍者个子很高,至少有一米九。他脖子上那几道伤疤狰狞扭曲,形成一排与衣领平行的白线,让人触目惊心,

"我叫多兰。这是伊莱。"

侍者敷衍地哼了一声,把两杯酒放在他们面前,并顺势把空酒杯收走。

"这个,"多兰用食指在自己的喉结上画了个圈,"我这道疤是刮胡子的时候划伤的,多基什。我能问问你的疤是怎么弄的吗?"

侍者直起身。他的嘴唇抽搐了一下。看样子他在考虑是否要回答这个问题。然后他礼貌地笑笑,似乎那段记忆不堪回首。"我参加了一场战争。"

"战争。"伊莱说。

"好吧,"多兰说,"哪一场战争?"

"波斯尼亚。你有印象吗?"

多兰摆了摆手。"那个地方隔三岔五就打仗,对吧?塞尔维亚人、克罗地亚人、萨拉热窝人,从来不消停,只知

200

道自相残杀。"

侍者点了点头。

"我是说，情况非常复杂，请原谅我的无知。"多兰说。

"那不是你的问题。"侍者说。

"但那显然成了你的问题。"多兰略带遗憾地说。

"稍等。"侍者话音未落，已经闪身退到一米半以外。他俯下身子，飞快地摸索，随即站起身，一只手里挥舞着蓝白格的毛绒毛巾，另一只手握着一瓶紫色的柠檬清洁喷雾。他拧开水龙头，浸湿毛巾，挤掉多余的水。只见他抄起清洁剂，麻利地在深褐色的吧台上纵横交错地喷了一遍。等到喷雾完全落在台面上，他才开始擦拭。他手里的毛巾沿着喷湿区域的边缘画出一个整齐的长方形，然后一圈一圈往里擦。

"现在继续。"他说。

"继续审问你？"多兰微笑道，"对不起。我们只是想换个话题。我们已经快得抑郁症了。我猜你经常遇到我们这种哭丧着脸等着参加葬礼的人。"

侍者耸了耸肩，目光依然跟随着毛巾的轨迹。他的英语不错，但多兰不知道自己的话他能听懂多少。侍者头也不抬地说："我们这儿什么样的人都有。"

多兰拽了拽自己西装的翻领，将它拉紧。"但没有我们这样的。肯定没有。"他拖长声音说。"这么说你当过兵？上过战场？在波斯尼亚？"

"当兵。是的。我当过。"

"就是那个时候留下的疤?"多兰说。

侍者又咕哝了一声。他放下毛巾和清洁剂,回到啤酒龙头前。他对伊莱说:"你这位朋友的问题还真不少。"

"他就是这个样子。"伊莱说。他不知道多兰是否会继续纠缠这个东欧佬,但他心里早有了答案。伊莱感到一阵潮水般的疲惫——如果任由多兰喋喋不休,最终总得他出面调解。这种事他经历得太多了。

"我只是对这个世界感兴趣。我是个好奇心很重的人。"多兰恳求道。"请你原谅我,就像我所有的朋友一样。"他拍了拍伊莱的背。

侍者又苦笑了一下。

"这就是朋友留下的。"他说。

"朋友?"

"朋友往朋友的头上扔炸弹。我们自己人——"他举起一只手在头顶转了一圈,似乎在模仿坠落的炮弹或者爆炸的碎片,也可能两者皆有。"——没把我们当作自己人。"

"这算什么朋友!"多兰说。"我的天。你说是不是?"他转头看着伊莱。"看,多基什已经放开了,之前我从他的嘴里一个字都抠不出来。"他朝侍者举起酒杯。"很抱歉你遇上那样的朋友。但是生活还得继续,对吗?来,敬我们自己一杯。"

侍者不置可否地笑笑,又在吧台后面忙活起来。多兰和伊莱小口呷着酒。伊莱又看了一眼窗户。等待的重量渐渐变得无法承受。在酒吧这个密闭空间里，他感到成行的灰尘颗粒在喉咙里沉积；在光线最强的地方，他可以看见尘埃在空中飞舞。他需要新鲜空气。他想抽支烟，但他同样需要新鲜空气。

"他们随时可能过来。"他哑着嗓子说。

"先别动。低调点儿，先别动。"多兰略显紧张地说。他一口干掉杯中的酒，转了下手指，又点了一杯。

"你们不去参加葬礼了？"侍者说。

"看样子是不去了。"多兰说。

"为什么？"

"哦，我们害怕了。"多兰说。

"害怕了。"侍者重复道。他鼻子里哼了一声，似乎被逗乐了。

"我们没有害怕。"伊莱说。他对于多兰反复强调自己的懦弱有些厌烦，虽然他说的是事实。

对话陷入了沉默。伊莱期待多兰来填补这片空白，没想到却是侍者先开口。

"我想告诉你，"他说，"你进来的时候我感觉有点儿奇怪。"

"我？"多兰几乎惊喜地叫起来。

"是的。"

"为什么？"多兰问。

"我想告诉你，"侍者说，"你的长相特别像一个人，一个我曾经在街上见过的人。围城的那年。"

多兰看了看伊莱，又转回头对着侍者。

"他妈的，继续。"他催促道。

"这个男人，他试图接近一个女人和一个孩子。当时枪战仍在继续，轰炸仍在继续，天天如此，时时如此。狙击手躲在高处的射击孔后面。没完没了的枪战。空气中到处是子弹飞过的嗖嗖声。那个女人和她的孩子——可能是那个男人的老婆孩子？她们已经死了。躺在大街上。"侍者举起双手，掌心相对着慢慢靠拢。"在一条窄……窄巷里？这儿一个，那儿一个。"他用手指在刚刚比划出的小巷里标记出两个相邻的点，放下两具小小的尸体。"当时很安静，他等了很久才露出头，然后径直跑过去。朝她们的方向跑过去。简直不要命了。他拼命地跑，但还是太慢了。子弹嗖——，嗖——。然后，"他的肩膀猛地抖了一下，"他也和她们一样了。"他在空中又掐了一下，标出最后一个点，就像掐灭一支蜡烛。"他长得和你一模一样。"

"他长得和我一模一样。"多兰笑道。

"没错，"侍者说，"这就是为什么你走进来的时候……"他用一根手指对准自己的太阳穴，猛地一拧。"我以为自己穿越了。又回到了那一天。"

"你没法忘记他。"多兰说。

"忘记谁？"侍者说。

"那个人，你说的那个人，跟我长得一模一样的男人。"

"啊!"侍者的两条眉毛拧在一起，对多兰的臆断不屑一顾。"不不不，"他微笑道，"我早就忘了他。就像这样。"他弹了一下响指。"但是今天你一走进来，他的模样就冒了出来。那已经是很久以前的事了。"

他又端出两杯啤酒。

"很久以前的事了。"多兰用平缓的语气重复道。他一副若有所思的样子，似乎准备讲述自己的故事。但他只是挠了挠下巴上的胡茬。

"是的。很抱歉，我得……"侍者伸出两根手指放在唇边，作出吸烟的动作，然后指了指大门。

"我和你一起去。"伊莱说。

"你们要到外面去?"多兰说。

"别担心，"侍者说，"不过请你别再动啤酒龙头了。我马上回来。"

伊莱拉开门等着。侍者大步跟上去，出门的时候低头避过门楣。多兰端起啤酒，从玻璃杯上沿望着两个背影。

天空阴沉晦暗。两个男人并排站在酒吧门前狭窄的人行道上。对面是公墓的高墙。墙那边种了树，茂密的枝干从石墙顶端探出来，树影婆娑。侍者望着树。他的嘴里已经叼着一支烟，不知是从什么地方变出来的。烟还没点着，他却似乎不在意，只是出神地盯着前方，表情既专注，又冷漠。事实上，他的身体纹丝不动，好像把自己的开关关

205

掉了。这种将自己化为空气般的沉寂，伊莱想，对于一个酒吧侍者来说无疑是一种天赋，毕竟他只需要在某些特定的场合出现。

伊莱紧张地从西装口袋里掏出一包香烟。他给侍者递了个火，后者忽然之间恢复了活力。他转过身来，露出感激的笑。伊莱把两人的烟一一点着。几缕轻烟飘散在悄然掠过的微风中。

"我也有老婆孩子。"伊莱忽然说。

"嗯。"侍者平淡地应道，似乎这是一个他早已知晓的事实。

"你讲的那件事，"伊莱继续说道，"那个小巷里的男人。他的老婆孩子。我也有老婆孩子。"话一出口，他就后悔。这个类比似乎过于牵强。

侍者一句话也没说。他开始短促地前后晃动起身体，让人误以为他在发抖，虽然天气并没有那么冷。他看了看左边，又看了看右边，然后重新望向高墙上的树冠。细弱的树枝在风中微微颤抖。

"那只是一件往事，"侍者最终用盖棺论定的语气说，"你的朋友让我回想起过去。"

"你就是那个开枪的人吧？"伊莱说。

侍者看着伊莱的眼睛。没有犀利的目光，只是凝视。伊莱想，这个人的伤疤或许是罪有应得——可能还不足以赎罪——但真相已无从知晓。他心里有一个声音说，这个略带悲情的猜测即便算不上臆断，也掺入了太多假想；但另一个声音却相信自己的直觉。

侍者悠悠吸了一口烟。他吸烟的动作极其缓慢，一度让伊莱产生错觉，以为他嘴里的香烟完全没有变短。那只默默燃烧的烟头正对着伊莱。

"谢谢你的火。"侍者说。

"不客气。"伊莱喃喃地说。

伊莱抬起头。在侍者的肩膀一侧，他看见他们过来了。亮黑色的加长灵车，车身两侧和车后送葬的人群，所有人都迈着沉重的脚步。他们沿着小巷行进。灵车经过时，伊莱退到酒吧的门廊上。

玛丽安娜的父亲穿着西装，瑟缩在轮椅上。他紧随灵车，位于人群中央；一个十八九岁的女孩噘着嘴，蛮不情愿地推着他。另一个外国面孔的妇人握着老人的手，亦步亦趋地跟在轮椅一侧，举手投足间显出职业护士漠然的关心。还有玛丽安娜的哥哥，他大腹便便，虽已过中年，脸上仍然留有妹妹的影子。他的身后是玛丽安娜的丈夫，他至少比妻子大十岁，两条浓眉，一副风流倜傥的样子；他的脸上已经有了皱纹，浅褐色的头发中掺着一缕花白。他用双手轻推着一个小女孩的肩膀。那个女孩约莫六七岁，伊莱知道她是谁。所幸她的脸上蒙着一层面纱。没有人注意到船夫酒吧门前站着的两个男人。人们的漠视让伊莱如释重负，同时也凸显出他的焦虑是多么愚蠢。此刻他意识

207

到：这一切都与他无关。

整个送葬队伍经过之后，伊莱背后的门开了。他感到什么东西抵住自己的肩胛骨。是多兰，他用前额顶着伊莱，像一只发狂的猫。多兰抬起头；伊莱转过身，看见他的额头上满是红印。

"啊，他妈的，"多兰说，"我们去吧。"

"你想好了？"

"我早就想好了。等会儿要是我哭出来，那是因为我醉得太厉害了。"

多兰是端着酒杯出来的。他喝光了残酒，把空杯递给酒吧侍者。后者接过杯子，用夹着烟的手指了指远去的送葬队伍，对伊莱说："这就是你们那个葬礼？"

"是的。"伊莱说。他把烟头扔在人行道上，用鞋底狠狠踩灭，跨步走到街上。多兰紧随其后。他俩很快就赶了上去。当送葬队伍到达公墓大门的时候，侍者仍然悠闲地站在原地，一边吸烟一边观望。如果不是那个胖子长了一头显眼的红发，侍者已经很难在人群中分辨出刚才那两个人。

高个子和胖子尾随送葬队伍进了大门，消失在视野里。侍者摁灭烟头，把剩下的烟屁股放进兜里——没必要浪费。他回到酒馆，发现高个子忘了拿大衣。那件大衣堆在高脚凳上，还滴着水。侍者把它拎起来拧干，才发现那是一件上好的衣服，七分长短、做工精细，一看就价格不菲。他翻了一遍口袋，没有找到任何身份信息。他把大衣拿进里屋挂上，找了一份旧的周日版报纸，把几页团起来塞进袖子，又把几页铺在大衣下面。他等着那人回来。大约一小时过后，一小群参加完葬礼的人走进酒吧，但那两人不在其中。第二天早晨，那件大衣依然挂在衣架上静候主人。快了，侍者想。他举起一只擦得锃亮的玻璃杯，对着每天如约而至的晨光；光线透过蒙着灰的前窗，朦胧而闪烁。那人就快回来了。然而，他再也没有出现。

译后记

青春常常是关于某个地点的记忆——它可以是一座城，一个街区，一间台球厅，或是一扇每晚亮起的窗。科林·巴雷特带我们走进了爱尔兰西海岸的小镇格兰贝。小镇毗邻国道旁的某个工业区，拥有"一座五间放映厅的电影院"和"方圆一英里内大大小小的上百间酒吧"。小镇的年轻人每日混迹于酒吧和台球厅之间，眼前晃动的总是那几十张熟悉的面孔。每晚似乎都是昨晚的延续或明晚的预演，新的故事在日复一日的消磨中萌芽。有人为爱作最后一搏，有人撒下情网也有人陷落，有人伤害也有人报复，有人独舐伤口，有人黯自神伤。巴雷特笔下没有牧歌般的青春剧情，他的故事里有情欲、毒品、暴力、死亡，但他同样不回避平凡、软弱、纯真、善良。日出日落，一切自然生长，一如我们每个人的年轻时代。

这七个故事常让我想起《麦田里的守望者》。即使在最晦暗最绝望的段落，巴雷特的讲述也透出一种温情，仿佛凝视着这群小镇年轻人的柔和目光。青春是一段充满矛盾的岁月：身体日渐强壮，内心却依然稚嫩；容易伤害他人，也容易自我伤害；拥有一种盲目的骄傲，却在冷酷的世事面前不堪一击。《倚马而息》里有这样一段描写：

> 阿姆长久地注视着翻滚的浪花，目光追随每一层海浪，看它们如何涌起，如何像城墙般拔高，再如何崩塌。

这段关于海浪的描写恰恰是二十四岁的阿姆的命运写照。曾为拳击手的阿姆不苟言笑，随遇而安，行事全凭哥们义气。他帮着小丁兜售大麻，货源是小丁的两个叔叔。在一次猥亵事件之后，叔叔对小丁的宽容表现出不满；为了化解双方的矛盾，阿姆自作主张地"解决"了问题。不料此举反而被多疑狠辣的叔叔误解，悍然对小丁和阿姆出了手。短短一个下午，两个意气风发的年轻人一死一伤。重伤的阿姆想象着自己面对小丁的母亲和七个姐妹的场景：

> 他看见自己站在她们的客厅里，两手空空，鲜血一滴一滴落在地毯上；他努力说出的每一个字都如同一只死去的胡蜂从嘴边滑落。

唯一支撑他活下去的信念是要尽力补偿小丁的家人。这一点善念比他的莽撞和挫败更让我们动容，那是年轻人尽力掩饰却无法抹煞的底色。夜幕降临，阿姆来到马场。

211

马竖起耳朵，似在倾听。阿姆忽然意识到，它遥望的方向，正是自己的来处。那一瞬间，马似乎听懂了他的心声，一切悲剧都化为宿命。这一幕是作者的善念。

在故事《月球》里，孔雀酒吧的保安瓦尔和酒吧老板的女儿玛蒂娜之间发生了短暂的恋情。瓦尔二十九岁，玛蒂娜十九岁。年轻的玛蒂娜向往远方和成熟，迫不及待地想褪下少女的外壳，而瓦尔也是她不堪记忆的一部分；对瓦尔来说，她仿佛身在月球。外表刚硬的瓦尔只得将这段恋情层层包裹，夜深人静时才像蚌一样露出柔软的内心：

> 今夜的满月硕大而明亮，月光透过窗玻璃落在厨房水池上。瓦尔坐在餐桌旁，不知过了多久。终于，他拿起手机。
> 他最终发给玛蒂娜的短信很长……瓦尔说自己凌晨四点穿着内裤坐在厨房，没什么特别的，不过是"孔雀"那些屡见不鲜的破事，酒吧里一切如故，看样子也不会有什么改变，无论他们两人之间曾经发生过什么或是没发生什么，他都盼望着下次她从月球归来的时候能够见到她。

短篇《假面》讲述了一个俄罗斯套娃式的故事。主人公巴特在正值青春年少之时被一个混混无端地在脸上踹了一脚,之后的六次手术无法修复他的面容,更无法修复他的内心。他从此陷入消沉,一晃匆匆数年。他工作的加油站里来了两个暑假打工的学生,一个大二,一个初三,少年人的莽撞和冲动他都看在眼里。他一方面想保护他们,担心他们误入歧途,另一方面又感到自己无力干涉他们的人生。各种错误在酒吧里的告别聚会上浮现,巴特无奈地"低下头,长发如屏风一样将他包裹,也将人类隔绝在人类的世界里"。与此同时,巴特没意识到的是,这些年来他的老妈也同样站在他的身后,默默地注视着他。她恨他"那压垮一切、让人生厌的脆弱",同时也尽母亲所能关心、呵护着他。这一切多么像《麦田里的守望者》里霍尔顿·考尔菲德的心境。

巴雷特送给我们的,是巴特的沉默,是陪伴瓦尔的月光,是阿姆身边的白马,是塔格的执拗,甚至还有东欧侍者的冷峻。他们以各自的方式守护着这段年华。

把七个故事一口气读下来,你会看到年轻人的血气方刚和恣意妄为,随后是成长的裂隙与伤害,再到青春的挫败与死亡,最后是怅然回首。年轻时代如同一匹白马,在你眼前一闪而过。在终篇《请忘记我的存在》的结尾,伊莱把湿透的大衣留在酒馆的高脚凳上,再也没有回来。